HARTSVILLES SEAL HELDEN

Die plötzliche Familie des SEALs

HARTSVILLES SEAL-HELDEN: BUCH 3

LESLIE NORTH

KLAPPENTEXT

Der Navy SEAL Kenton Fitzpatrick hat sein Leben perfekt geplant. In ein paar Jahren will er das Militär verlassen, eine nette Frau finden, sie heiraten und Kinder mit ihr haben. Aber alles gerät durcheinander, als er vorzeitig von einer Mission zurückkehrt und eine schöne Frau mit kleinen Zwillingen und einem sabbernden Hund in seinem Haus vorfindet. Mia Kingston, die nach dem Tod ihrer Schwester das Sorgerecht für ihre Nichten bekommen hat, hat ihre Wohnung bei einem Brand verloren und Kentons Mutter dachte, es wäre in Ordnung, sie während seines Einsatzes in seinem Haus einzuquartieren. Obwohl es nicht ideal ist, eine Familie bei sich zu haben, willigt Kenton ein, sie bleiben zu lassen. Da sein Lebensplan in Stein gemeißelt ist, macht er sich keine Sorgen, dass ein Freigeist wie Mia ihn davon abbringen könnte. Aber als ein rachsüchtiger Feind aus Kentons Vergangenheit auftaucht und Mia und die Zwillinge bedroht, muss Kenton vielleicht doch eine Änderung seiner Pläne akzeptieren.

Mia hat immer vorgehabt, nach Ende der Renovierungsarbeiten in ihre Wohnung zurückzukehren. Sie hatte nie vor, sich in einen sexy SEAL zu verlieben. Andererseits war Mia trotz des Chaos der Zwillinge, der Bedrohung ihres Lebens und Kentons frustrierendem Bedürfnis, *alles* zu planen, noch nie glücklicher. Nachdem sie ihre Eltern in jungen Jahren verloren hat, ist es schön, eine Familie zu haben – auch wenn sie nicht ganz echt ist. Während Kenton völlig darauf konzentriert ist, sie alle zu verteidigen, kämpft Mia darum, ihr Herz davor zu schützen, sich Hals über Kopf in ihn zu verlieben.

Muss Kenton Mia erst beinahe verlieren, um zu erkennen, dass er ohne sie nicht leben kann?

INHALT

KAPITEL EINS

Kenton Fitzpatrick klappte seinen Laptop zu und betrachtete die Männer, die ihm gegenübersaßen. Patrick und Anderson waren wichtige Mitglieder des SEAL-Teams, das er leitete – und seine beiden engsten Freunde.

„Ich bin nicht zufrieden mit dem, was passiert ist", sagte er kopfschüttelnd. Seine Vorgesetzten waren auch nicht zufrieden mit der Leistung seines Teams, also hatte er Kritik hinnehmen müssen, was ungewohnt für ihn war. „Ich will einen neuen Versuch."

Die Mission in Nordafrika mit dem Ziel, einen Kinderhändlerring zu zerschlagen, war bestenfalls teilweise erfolgreich gewesen. Kentons Team hatte es geschafft, das Netzwerk, das Kinder aus aller Welt entführte und in Schicksale verkaufte, über die er nicht nachdenken wollte, zu schwächen, aber nicht zu zerstören.

„Den bekommen wir wahrscheinlich nicht", sagte Patrick und lehnte sich auf seinem Stuhl zurück. „Aber ein anderes Team wird damit beauftragt werden, das zu vollenden, was wir nicht geschafft haben."

„Vielleicht hat es mehr Glück", fügte Anderson hinzu.

„Glück hat nichts mit dieser Art von Arbeit zu tun", sagte Kenton rundheraus. Er nahm einen Kugelschreiber vom Tisch und klickte darauf, während er nachdachte. Es stimmte, dass sein SEAL-Team gelegentlich Glück hatte, aber Erfolg beruhte auf sorgfältiger Planung und fehlerfreier Ausführung. Er war dafür bekannt, bei Ersterem hervorragend zu sein. Und er konnte das Vorgehen seiner Männer nicht bemängeln. Sie hatten getan, was er geplant hatte, aber der Anführer des Menschenhändlerrings war ihnen entkommen. Kenton glaubte nicht, dass es lange dauern würde, bis Marcus Ocampa ein neues Netzwerk aufbaute, das es auf unschuldige Kinder abgesehen hatte. Und das machte ihn wütend.

„Ich versuche immer noch herauszufinden, was genau schiefgelaufen ist", sagte Anderson. Seine Sprachkenntnisse und sein analytisches Gehirn waren während der Mission von unschätzbarem Wert gewesen, aber sie hatten nicht ausgereicht, um das Team zu seinem Endziel zu bringen.

„Ich auch." Kenton musste weiter darüber nachdenken. Vielleicht würde es ihm dann einfallen. Er wollte wissen, was seine Fehler gewesen waren, damit er sie in Zukunft vermeiden konnte. „Ich weiß es zu schätzen, dass ihr hierbleibt, um mir dabei zu helfen, die Mission abzuschließen." Anderson und Patrick waren zwei Tage länger auf dem Stützpunkt geblieben, hatten mit ihm Fragen beantwortet und ihm dabei geholfen, die Berichte zu vervollständigen, obwohl sie zu ihren Familien nach Hause hätten gehen können.

„Kein Problem. Ich will mir nicht einmal vorstellen, dass mir eines meiner Kinder weggenommen und so ausgebeutet wird", sagte Patrick schaudernd. Er war Vater eines achtjährigen Mädchens und eines kleinen Jungen. „Es bringt mich dazu, meine Kinder festhalten und nie wieder aus den Augen lassen zu wollen."

Anderson nickte zustimmend. Er hatte kurz vor seinem Einsatz bei dieser Mission geheiratet und er und seine Frau hatten bereits einen kleinen Jungen.

„Ich wette, eure Familien warten sehnsüchtig darauf, euch wiederzusehen. Habt ihr mit ihnen gesprochen, seit wir zurück in den USA sind?“, fragte Kenton und fühlte sich schuldig, weil sie seinetwegen auf Zeit mit ihren Frauen und Kindern verzichteten.

„Heute Morgen. Es geht ihnen gut.“ Patrick grinste. „Es wird bestimmt Chaos herrschen, wenn ich nach Hause komme.“

„Und du liebst es“, sagte Kenton.

„Das tue ich“, bestätigte Patrick, ohne zu zögern. „Du musst es auch irgendwann versuchen.“

„Irgendwann werde ich bereit dafür sein“, sagte Kenton. Er hatte bestimmte Vorstellungen von seiner Zukunft und Kinder waren ein Teil davon, wie er in den letzten Monaten erkannt hatte. Er besaß bereits ein Haus, das er liebte. Er hatte es erst kürzlich gekauft, aber er war sich sicher, dass er seine Braut dorthin bringen würde. Zuerst musste er allerdings die richtige Frau treffen und dann, wenn die Zeit reif war, würden sie ein paar Kinder haben.

„Vergiss es“, sagte Anderson lachend. „Eine Frau wird in dein Leben platzen und all deine Pläne ändern.“

„Da hat er recht“, stimmte Patrick ihm zu. „Sei bereit, sie aufzufangen, wenn sie plötzlich in dein Leben stolpert, denn du bekommst keine Vorwarnung.“

Das schien bei all seinen Freunden und SEAL-Teamkameraden so gewesen zu sein. Die meisten waren in den letzten Jahren Beziehungen eingegangen und inzwischen damit beschäftigt, Kinder großzuziehen. Trotzdem glaubte Kenton nicht, dass eine Frau einfach so vor seiner Tür auftauchen würde, wie seine Kameraden zu denken schienen.

„Ich muss erst einmal lange genug zu Hause sein, damit das passiert.“ Wenn er nicht im Einsatz war, beriet Kenton andere Teams vor ihren Missionen. Es war ein Leben, das ihn die meiste Zeit außer Landes oder auf den Stützpunkt führte, weshalb er sich darauf freute, nach Hause zu fahren. Ihm stand ein langer Urlaub zu und er hatte vor, ihn sich zu nehmen. Er wollte sich um einige Projekte rund um das Haus kümmern, aber sein wahres Ziel war, den Grundstein für seine Zukunft zu legen. Und das bedeutete, eine Frau zu finden, mit der er sie teilen konnte.

Kentons Handybildschirm leuchtete beim Empfang einer weiteren Nachricht seiner Mutter auf. Margaret Fitzpatrick war die hartnäckigste Frau, die er jemals gekannt hatte. Er hatte ihr früher am Tag eine SMS geschrieben, dass er bald nach Hause kommen würde, und sie hatte ihm seitdem fünf Nachrichten gesendet, in denen sie ihn bat, sich bei ihr zu melden.

„Du solltest deine Mutter anrufen oder ihr eine SMS schicken", sagte Anderson, der den Bildschirm über den Tisch hinweg sehen konnte. „Du weißt, wie sie ist."

Die drei Männer grinsten. Margaret war für sie alle wie eine Mutter gewesen, da Patricks Mutter ihn verlassen hatte, als er noch ein Kind gewesen war, und Andersons Mutter nie wirklich Interesse an der Elternrolle gezeigt hatte. Margaret hatte ihnen als Kinder Halloween-Kostüme besorgt und sie nach dem Football-Training an der High-school abgeholt. Aber sie war niemand, der sich Respektlosigkeiten gefallen ließ.

„Später", sagte Kenton. „Sie will mich wahrscheinlich nur zum Abend-essen einladen. Mir ist nicht danach."

„Du musst die Mission hinter dir lassen", sagte Anderson und stand auf. „Wir haben sie analysiert und aus jedem Blickwinkel betrachtet. Was passiert ist, war nicht deine Schuld."

„Davon bin ich noch nicht überzeugt", entgegnete Kenton. Das Gefühl, dass er die Verantwortung für die Geschehnisse trug, ließ nicht nach, als sie vom Stützpunkt nach Hartsville fuhren. Kenton setzte zuerst

Patrick an seinem Haus außerhalb der Stadt ab und sah zu, wie sein Freund von seiner Frau und seinen Kindern umarmt wurde. Als Nächstes brachte er Anderson zu seinem Haus in einem der neueren Wohngebiete. Das Licht auf der Veranda war an und Violet trat sofort mit ihrem Sohn Nate auf der Hüfte und einem riesigen Lächeln im Gesicht nach draußen.

Kenton hupte, als er weiterfuhr, und war froh, dass seine Freunde Partnerinnen gefunden hatten, die zu ihnen passten, auch wenn die Beziehungen der beiden ungewöhnlich begonnen hatten. Ein paar Minuten später bog er in die von Bäumen gesäumte Straße ein, in der er wohnte. Er hatte das Haus vor achtzehn Monaten gekauft, als er auf der anderen Seite der Welt gewesen war. Er hatte im Internet Fotos davon gesehen und seine Familie hatte ihm versichert, dass er es lieben würde. Und das tat er. Mehr als er in Worte fassen konnte.

Das dunkelblaue Haus im viktorianischen Stil war stattlich und anmutig und strahlte Komfort und Sicherheit aus. Es war genau das, was er wollte. Patrick und Anderson hatten sich wegen der kunstvollen Zierleiste, des Buntglas-Fensters und des Rundturms über ihn lustig gemacht. Er hatte ihre Neckereien über sich ergehen lassen und daran gedacht, dass seine zukünftige Frau, wer auch immer sie sein mochte, diese Details bestimmt wertschätzen würde.

Als er in seine Einfahrt einbog, war er einfach nur froh, zu Hause zu sein und Zeit und Raum für sich zu haben. Er würde seine Mutter am nächsten Morgen anrufen, aber zuerst wollte er in seinem eigenen Bett schlafen. Er wollte auspacken und sich entspannen, bevor er soziale Kontakte pflegen musste. Das war immer am besten, wenn er von einer Mission kam. Er brauchte Zeit, um sich wieder an die zivile Welt zu gewöhnen.

Er griff nach seiner Reisetasche und hielt inne, als ein Hund bellte. Er hörte genauer hin. In der Dämmerung war es ruhig. Nur das Summen der Zikaden und das leise Rauschen einer frühen Herbstbrise in den

Bäumen durchbrach die Stille. Er wartete und das Gebell ertönte wieder. Er hätte schwören können, dass es aus seinem Haus kam, aber seine Ohren mussten ihm einen Streich spielen. Er liebte Hunde und hatte sich sogar dafür interessiert, sie beim Militär auszubilden, aber er hatte seit seiner Kindheit keinen mehr gehabt.

Mit einem Schulterzucken betrat Kenton das Haus durch die Hintertür und ließ seine Reisetasche auf den Boden fallen. Das Kratzen von Pfoten auf dem Fliesenboden war seine einzige Warnung, bevor ein großer Hund gegen ihn prallte, ihn aus dem Gleichgewicht brachte und an die Wand drückte. Der Kopf des Hundes war gegen Kentons Brust gepresst. Er machte keine Anstalten, ihn zu beißen, aber Kenton spürte die Hitze seines Atems und hörte ein leises Knurren aus seiner Kehle.

Was zur Hölle war hier los? Was machte ein Hund in seinem Haus?

Bevor Kenton versuchen konnte, den Hund wegzuschieben, wurde ihm ein Baseballschläger in die Seite gestoßen. Scheiße. Hatte er irgendwie das falsche Haus betreten? Seine Faust umklammerte den Schlüssel, den er immer noch hielt. Nein, er hatte die Tür aufgeschlossen. Bevor er etwas sagen konnte, ließ der Druck an seiner Seite nach, als sein Angreifer die Strategie änderte und seinen Kopf anvisierte. Er parierte den Angriff instinktiv und fing den Baseballschläger auf, bevor er ihn mit voller Wucht traf, aber er konnte einen flüchtigen Schlag auf seine Schulter nicht verhindern.

Er packte den Schläger und entriss ihn seinem Angreifer. Gleichzeitig stieß er sich von der Wand ab und schob den Hund zurück, während seine Sinne verarbeiteten, mit wem er es zu tun hatte. Er kniff die Augen zusammen und versuchte, im Schatten eine Gestalt zu erkennen. Die Person war überhaupt nicht so, wie er erwartet hatte. Sie war groß und kurvenreich und hatte eine Sanduhrfigur mit schmaler Taille. Außerdem bemerkte er einen schwachen Hauch von Parfüm, der ihn an frische Veilchen erinnerte.

Eine Frau? Die Erkenntnis ließ ihn zögern. Einen Mann hätte er umgehend zu Boden gebracht, aber …

„Was machen Sie hier?" Die Stimme war weiblich, leise und bedrohlich. Kenton wäre beeindruckt von ihrem Mut gewesen, wenn er sich nicht so sehr darüber geärgert hätte, jemanden in seinem Haus vorzufinden.

„Das ist mein Haus", stieß er hervor. Der Hund zog sich von ihm zurück und trottete zu ihr. „Was zur Hölle machen *Sie* hier?"

Es kam keine Antwort, aber ein Lichtstrahl von oben beleuchtete den Raum. Sie hatte die alte Leuchtstofflampe eingeschaltet, die über ihnen hing.

„Heilige Hölle", sagte er leise, als er sie anblickte.

Sie war wunderschön. Ihre dunkelblonden Haare waren mit goldenen Strähnen durchzogen und ihre Augen waren so grün wie die Blätter der Bäume im Sommer. Ein paar Sommersprossen zierten ihre Nase und ihre Wangenknochen, und ihre vollen Lippen waren dunkelrosa, einladend und beflügelten seine Fantasie. Auch was ihre Kurven anging, hatte er sich nicht geirrt. Die Konturen ihrer Brüste unter ihrem eng anliegenden Shirt weckten eine Sehnsucht in ihm, die immer stärker zu werden schien, als seine Augen über ihre Hüften und ihre langen Beine schweiften. Die schwarzen Leggings, die sie trug, verbargen nichts.

Sie war nicht auf Augenhöhe mit ihm – das waren nur wenige Frauen –, aber sie war überdurchschnittlich groß. Der flüchtige Gedanke, dass sie genau richtig zu seinem großen Körper passen würde, kam und ging im Bruchteil einer Sekunde, während sie sich gegenseitig anstarrten.

Mit einem herausfordernden Ausdruck auf ihrem Gesicht reckte sie das Kinn und hielt den Baseballschläger weiterhin vor sich, während die langen Wimpern über ihren Augen ihn anblinzelten. Er musste etwas sagen, aber er war immer noch von ihrem Anblick überwältigt.

Ihre Lippen öffneten sich und bevor sie sprechen konnte, ertönte im Obergeschoss das laute Geschrei eines Kindes. Ein Kind? Es gab eine unbekannte Frau, einen Hund *und* ein Kind in seinem Haus? In welchem Paralleluniversum war er hier gelandet?

„Oh, verdammt", murmelte sie.

KAPITEL ZWEI

„Tut mir leid", sagte Mia.

Sie hatte sein Gesicht erkannt, sobald das Licht an war. Kenton Fitzpatrick, der Eigentümer des Hauses. Fotos von ihm mit seiner Familie oder anderen Männern in Uniform waren auf dem Kaminsims aufgereiht. Sie hatte sich diese Fotos genau angesehen und mehr als einmal davon geträumt, von seinem großen, durchtrainierten Körper umarmt zu werden. Die Fotos hatten nicht gelogen – er war tatsächlich überaus muskulös und hatte hohe Wangenknochen und eine markante Kinnpartie.

Dunkle Haare, durchdringende Augen, gebräunte Haut und der Schatten eines Dreitagebarts – der Mann war ein Herzensbrecher. Daran bestand kein Zweifel.

Seine imposante Gestalt lenkte dabei nicht im Geringsten von seiner sinnlichen, männlichen Ausstrahlung ab. Nur sah er im Moment verwirrt und verärgert aus, da er wahrscheinlich gar nicht gewusst hatte, dass sie … nun ja … in seinem Haus wohnte.

Sie senkte den Baseballschläger, da sie sich nicht länger gezwungen sah, sich und ihre Nichten zu verteidigen, und griff nach Eliots Halsband. Ihr Hund war immer noch angespannt, was es ihr schwer machte, ihn von Kenton wegzuziehen.

„Komm schon, Eliot. Sei ein braver Junge", versuchte Mia, ihn zu überreden. Der schokoladenbraune Labradormischling war normalerweise das perfekte Haustier für eine Familie. Liebenswert und fröhlich. Aber er mochte niemanden, den er als Bedrohung für sie oder die Mädchen betrachtete. Ein unbekannter Mann, der nach Einbruch der Dunkelheit das Haus betrat, war definitiv zu viel für ihn. Mia zog noch einmal an seinem Halsband. „Platz, Eliot. Es ist in Ordnung."

„Ich bin froh, dass *Sie* denken, dass es in Ordnung ist", sagte Kenton und stemmte die Hände in die Hüften. „So wie ich das sehe, ist jemand ohne mein Wissen in mein Haus eingedrungen."

„Richtig. Was das angeht …" Sie verstummte, als sie sich mit Eliot abmühte und überlegte, wie sie ihre Anwesenheit in Kentons wunderschönem Zuhause erklären konnte. Ein weiterer durchdringender Schrei von oben durchschnitt die Luft. Höchstwahrscheinlich Emma. Sie war den ganzen Abend aufgebracht gewesen und hatte sich nur widerwillig von Mia in das Zimmer bringen lassen, das sie sich mit Ava, ihrer ruhigen Zwillingsschwester, teilte. Emma brauchte grundsätzlich mehr Aufmerksamkeit. Aber Mia hatte gedacht, sie sei müde genug, um durchzuschlafen. Eliots Bellen musste sie geweckt haben.

Mia fühlte sich hin- und hergerissen. Sollte sie sich um den Hund kümmern und ihrem unerwarteten Besucher ihre Anwesenheit erklären oder sollte sie die Treppe hinaufstürmen, um Emma zu trösten, bevor sie ihre Schwester weckte? Sie stand kurz davor, loszurennen, als Kenton einen scharfen Befehl ausstieß. Sie erkannte nicht die Sprache, in der er ihn erteilt hatte, aber er hatte den unmittelbaren Effekt, dass Eliot sich setzte und Emma aufhörte zu weinen.

War das Zauberei? Sogar Mia hatte das Gefühl, erstarrt zu sein.

Kentons Handy klingelte in der Stille, aber er machte keine Anstalten, den Anruf anzunehmen, während seine Augen von Kopf bis Fuß über sie wanderten. Sein Blick war nachdenklich, nicht kritisch, und sie erkannte das Interesse darin. Dann verschwand es so schnell, wie es gekommen war.

„Wollen Sie nicht rangehen?", fragte sie. Sie nahm ihr eigenes Handy heraus und öffnete die App, die mit der Baby-Kamera im Zimmer der Zwillinge verbunden war. Mia war erst seit sechs Monaten Mutter, aber sie hatte schnell gelernt, dass plötzliches Schweigen genauso schrecklich war wie lautes Gebrüll.

Emmas Gesicht erschien auf dem Bildschirm. Das kleine Mädchen saß in der Ecke seines Kinderbetts und hatte seinen Lieblingsplüschhasen auf dem Schoß. Tränen glitzerten auf Emmas Wangen, als sie am Ohr des Hasen kaute, aber es ging ihr gut. Mia holte tief Luft. Mit etwas Glück würde sie wieder einschlafen, während Mia sich um den Mann kümmerte, der wütend vor ihr aufragte.

Kenton berührte Eliots Ohren und sprach mit leiser Stimme. Mia konnte die Worte nicht verstehen, aber sie schienen den Hund zu beruhigen. Er drückte sofort seine Schnauze in Kentons Hand und leckte sein Handgelenk. Eliot musste den Geruch des Mannes erkannt haben – er war überall im Haus, besonders im Hauptschlafzimmer.

Mia schlief im Gästezimmer, aber sie war von Zeit zu Zeit in Kentons Schlafzimmer gegangen, normalerweise spät in der Nacht, nachdem die Mädchen eingeschlafen waren. Sie war neugierig auf den alleinstehenden Mann gewesen, der ein so schönes und großes Haus gekauft hatte. Hoffentlich würde er nie erfahren, dass sie seinen Schrank geöffnet und den herrlichen Duft von Mann und Sandelholz eingeatmet hatte.

Etwas an seinem Geruch und seinen Habseligkeiten hatte sich zu einer Zeit, als ihr Leben ein Chaos war, beruhigend angefühlt. Normalerweise machte ihr ein wenig Unsicherheit nichts aus, im Gegenteil. Aber jetzt, da sie für ihre kleinen Nichten verantwortlich war, war alles anders. Sie würde auch weiterhin ein Freigeist sein, aber ihre Prioritäten hatten sich verschoben.

„Möchten Sie mir erklären, warum Sie in meinem Haus sind?", fragte Kenton, während Eliot ruhig zu seinen Füßen kauerte.

„Ich vermute, Sie hatten noch keine Gelegenheit, mit Ihrer Mutter zu sprechen?"

„Nein." Er kniff die Augen zusammen. „Warum?"

„Oh, sie sagte, sie würde sich mit Ihnen in Verbindung setzen." Mia hatte erwartet, dass Margaret ihrem Sohn die Situation erklären würde. Kentons Verwirrung und Wut ergaben jetzt mehr Sinn. „Sollen wir ins Wohnzimmer gehen, um zu reden?" Bei seinem Nicken ging sie voran und fühlte sich seltsam, weil sie durch sein Haus marschierte, als wäre sie die Gastgeberin. „Entschuldigen Sie das Durcheinander", sagte sie nach einem kurzen Blick auf ihre Umgebung. Als sie eingezogen waren, war das Haus makellos und perfekt aufgeräumt gewesen. Mit zwei kleinen Kindern war es unmöglich, diesen Zustand aufrechtzuerhalten. Ein umgeworfener Korb mit Spielzeug lag auf dem Parkettboden, ein Trinkbecher stand auf dem Couchtisch aus Kirschholz und ein Sweatshirt hing über dem Sofa. Das Haus war definitiv nicht bereit für eine Fotostrecke in *Schöner Wohnen*.

„Das interessiert mich nicht", sagte er, aber seine Schultern spannten sich an. Es war ihm offenbar nicht egal. Das konnte sie deutlich sehen. „Ich möchte wissen, warum Sie hier zu wohnen scheinen und warum ein Kind in meinem Haus ist."

„Eigentlich sind es zwei Kinder." Sie zögerte und versuchte zu entscheiden, wie sie ihre Anwesenheit am besten begründen konnte. „Ich denke, alles begann vor sechs Monaten, als meine Schwester und mein Schwager bei einem Autounfall starben." Mia war stolz auf sich, weil sie den Satz so ruhig ausgesprochen hatte. Es war immer noch unheimlich schwer, über Carolines und Matts Tod zu sprechen. Ihre Schwester war ihre einzige wahre Freundin gewesen, der Fels in der Brandung, der Fixpunkt in ihrem Leben, und dann war sie ihr plötzlich weggenommen worden.

„Das tut mir leid", sagte er und bedeutete ihr, sich auf die Couch zu setzen, während er sich auf einem Sessel am Kamin niederließ.

„Ein Truck hat die Seite ihres Wagens gerammt. Laut der Polizei waren sie sofort tot." Sie hoffte, dass dies wirklich der Fall gewesen war, da sie den Gedanken nicht ertragen konnte, dass sie gelitten hatten. „Zum Glück waren die Mädchen bei einer Babysitterin." Die widersprüchlichen Gefühle am Tag des Unfalls hatten sie fast umgebracht. Sie war tieftraurig über den Tod ihrer Schwester gewesen, aber überglücklich, weil es Emma und Ava gut ging.

„Also sind Sie ihr Vormund geworden?"

„Ja. Ich habe keine eigenen Kinder. Ich meine … ich bin nicht verheiratet oder so, also hatte ich viel zu lernen. Es ist hart, Zwillinge großzuziehen." Mia war seit der Geburt der Mädchen eine begeisterte Tante gewesen, aber das hatte sie nicht darauf vorbereitet, sich rund um die Uhr um sie zu kümmern. Ihr Leben hatte sich völlig verändert.

„Das kann ich mir vorstellen. Und mein Haus?", drängte er.

„Dazu komme ich gleich", sagte sie, als ein weiterer Schrei von oben sie erreichte. Sie stand auf und war sich nicht sicher, ob sie loslaufen oder bleiben und ihre Geschichte beenden sollte. Sie wollte, dass er sie verstand, aber sie machte keine Fortschritte in diese Richtung. „Wie auch immer, vor ungefähr einem Monat gab es einen Brand in dem Apartmenthaus, wo ich wohnte …" Ein hoher, schriller Schrei, der von Emma stammen musste, ertönte und Mia setzte sich in Bewegung. „Ich muss sie holen."

„Aber …" Das Klingeln seines Handys unterbrach ihn.

„Ist das Ihre Mutter?" Mia ging zur Treppe.

Er sah sie an, bevor er sein Handy aus der Tasche zog und einen Blick auf den Bildschirm warf. „Ja."

„Bitte reden Sie mit ihr. Sie wird Ihnen alles erklären." Mit diesen Worten sprintete Mia die Stufen hinauf und eilte in Richtung des Zimmers der Zwillinge. „Es ist okay, Kleine", sagte sie leise, als sie Emmas Bett erreichte. Das Mädchen saß mit weit aufgerissenen Augen und offenem Mund da und wirkte bereit, wieder zu schreien. Mia holte tief Luft. Die Zwillinge sahen ihrer Mutter mit ihren goldenen Haaren und braunen Augen so ähnlich. Ava schien die ruhige, nachdenkliche Persönlichkeit ihrer Mutter geerbt zu haben. Sie war eine Beobachterin, fügsam und geduldig.

„Du aber nicht, hm?", sagte Mia mit leiser Stimme zu Emma, als sie sie aus dem Bett hob. „Du brauchst ständig Aufmerksamkeit." Nach einem kurzen Blick, um sicherzustellen, dass Ava noch schlief, ging Mia mit Emma zurück nach unten.

„In Ordnung, Mom, ich verstehe", sagte Kenton gerade in sein Handy. Sein breiter Rücken war Mia zugewandt, sodass er nicht sah, dass sie ins Zimmer kam. „Sie konnten sonst nirgendwohin. Der Brand muss schrecklich gewesen sein."

Mia zitterte, als sie an jene Nacht zurückdachte. Das Heulen des Feueralarms hatte sie kurz nach drei Uhr geweckt. Normalerweise war sie niemand, der in Panik geriet, aber sobald sie sich aufgesetzt hatte, hatte sie Rauch gerochen. Sie war aus dem Bett gesprungen, hatte die ersten Kleidungsstücke gepackt, die sie finden konnte, und war zu den Zwillingen gerannt. Rauchschwaden waren durch ihre Wohnung gezogen und sie hatte befürchtet, dass sie es nicht schaffen würde, die Treppe vom dritten Stock hinunter zu gelangen. Sie hatte beide Kinder in feuchte Handtücher gewickelt und jeweils ein Mädchen auf ihre Hüften gesetzt, bevor sie ihre Tür aufgestoßen und mit Eliot auf den Fersen ins Treppenhaus geflohen war.

Als sie draußen angekommen war, hatte Mia die Kinder an sich gedrückt, sich neben ihrem Auto ins Gras gesetzt und sich gefragt, was sie nun tun sollte. Die Löschfahrzeuge der Feuerwehr waren gekommen, aber das Feuer, das von einem starken Wind angefacht wurde, war durch das Gebäude gerast und hatte alle Wohnungen beschädigt. Sie hatte immer wieder in Gedanken wiederholt, dass sie in Sicherheit waren. Emma, Ava, Eliot – ihrer kleinen Familie war nichts passiert. Sie waren obdachlos und verängstigt, aber unversehrt gewesen.

Das örtliche Rote Kreuz hatte ihr eine Unterkunft für die Nacht und etwas zu essen gegeben, aber als sie am nächsten Morgen in die Bäckerei gegangen war, in der sie arbeitete, war sie ihrem Schutzengel in Gestalt von Margaret Fitzpatrick begegnet. Margaret, die die Modeboutique neben der Bäckerei besaß, hatte sich die Geschichte über den Brand angehört und Mia sofort vorgeschlagen, in das Haus ihres Sohnes zu ziehen. Sie hatte Mia und den Mädchen sogar dabei geholfen, sich dort einzuleben, und darauf bestanden, dass Kenton noch mehrere Monate im Einsatz sein würde.

Aber er war früher als erwartet nach Hause gekommen. Mia ließ Emma auf ihrem Knie hüpfen und lauschte dem Gespräch, das Kenton mit seiner Mutter führte. Würde er sie auf die Straße setzen? Sie könnte es ihm nicht einmal zum Vorwurf machen. Sie dachte schnell über ihre Optionen nach. Die Wohnungsgesellschaft, die ihr Apartmenthaus besaß, hatte noch eines in der Nachbarstadt. Aber es war vierzig Minuten mit dem Auto entfernt und Hunde waren dort nicht erlaubt. Was würde sie mit Eliot machen? Und die lange Fahrzeit würde ihr Leben noch komplizierter machen.

„Warum hast du sie nicht bei euch untergebracht?" Kenton hörte eine Minute zu, bevor er weitersprach. „Okay. Ich hatte vergessen, dass ihr gerade umbaut." Er schwieg wieder. „Ich hatte auch nicht erwartet, früher zurück zu sein, aber ich bin es." Kenton rieb beim Sprechen seinen Hinterkopf und Mia erkannte, wie müde er war und wie sehr er sich darauf gefreut haben musste, sich in seinem schönen, leeren Haus zu entspannen.

Margaret hatte nicht alle Details über ihren Sohn preisgegeben, aber sie hatte so viel gesagt, dass Mia wusste, dass er in einer Spezialeinheit war und Einsätze auf der ganzen Welt absolvierte. Sie fragte sich, was für ein Leben das war und wie es mit dem traditionellen Haus zusammenpasste, das er gekauft hatte. Irgendwie wirkte es widersprüchlich.

„Ja, Mom, mir geht es gut. Ich komme bald zum Abendessen", sagte er im Ton eines Mannes, der ein Gespräch beenden wollte. „Grüße Dad von mir. Wir sehen uns."

Kenton legte auf und als er sich umdrehte, sah er sie und Emma. Seinen hochgezogenen Augenbrauen nach zu urteilen, war er nicht daran gewöhnt, dass sich jemand an ihn heranschleichen konnte. Wahrscheinlich war es ein Zeichen seiner Erschöpfung.

„Das ist Emma", sagte sie und bewegte die Hand des Kindes, als würde es winken. Er betrachtete das Mädchen, bevor er vorsichtig seine Hand hob, um den Gruß zu erwidern.

„Süß", sagte er. „Sind die beiden eineiig?"

„Technisch gesehen ja, aber sie sind leicht zu unterscheiden", sagte sie. Er nickte und sie bemerkte die dunklen Ringe unter seinen Augen. Zeit, zum Ende zu kommen. „Ich denke, Ihre Mutter hat Ihnen die Sache mit dem Brand erklärt. Sie war sich sicher, dass Sie noch eine Weile weg sein würden, sonst hätte ich nie …"

„Es ist in Ordnung", sagte er und rieb sich den Nacken. „Wir werden die Details morgen früh besprechen."

„Ich habe morgen frei, also können wir in Ruhe über alles reden", sagte Mia. Üblicherweise begann ihre Schicht, während der sie Brot, Gebäck und Donuts herstellte, am frühen Morgen, was sich mit den Zwillingen als Herausforderung erwiesen hatte.

„Mom hat gesagt, dass Sie in Hamman's Bakery arbeiten." Kenton verstummte und sie fragte sich, ob er sofort einschlafen würde, sobald er sich hinsetzte.

„Dort habe ich Ihre Mutter kennengelernt." Mia hatte Margarets Angebot, sie bei ihrem Sohn unterzubringen, nur widerwillig angenommen. Für sich selbst hätte sie es nie getan.

Aber für die Mädchen würde sie alles tun, was nötig war.

„Wir reden morgen früh", sagte er erneut. „Ich werde jetzt abschließen und etwas schlafen." Er ging in Richtung Eingangsbereich, hielt aber inne, bevor er das Wohnzimmer verließ. „Brauchen Sie Hilfe? Ich meine, mit …" Er deutete auf Emma.

„Ich habe alles im Griff. Trotzdem danke." Sie hörte, wie er durch das Haus ging, die Haustür überprüfte, die sie bereits abgeschlossen hatte, und dann durch die Küche zur Hintertür ging, um sie ebenfalls zu verriegeln. „Okay, Kleine", sagte sie zu Emma, deren Augenlider schwer aussahen. „Es ist Zeit, dass wir auch ins Bett gehen."

KAPITEL DREI

enton riss die Augen auf. Er hatte noch nicht oft genug in seinem Haus übernachtet, um sich dort heimisch zu fühlen, aber er mochte die Art und Weise, wie das Licht auf dem Hellblau reflektiert wurde, in dem er die Wände seines Schlafzimmers gestrichen hatte. Fast genauso sehr wie den Pfannkuchen-Duft. Es war gemütlich und …

Moment. Pfannkuchen? Er hob seinen Kopf vom Kissen, als er sich an alles erinnerte. Er hatte Gäste. War das das richtige Wort? Wahrscheinlich nicht. Er hatte Mitbewohner. Vor dem Schlafengehen hatte er einige Minuten damit verbracht, online nach einem Artikel über den Brand zu suchen, der Mia obdachlos gemacht hatte. Bilder des Feuers hatten seinen Bildschirm gefüllt und er hatte die Kommentare des Feuerwehrchefs darüber gelesen, dass es ein Wunder war, dass es keine Toten gab, nachdem das Feuer in einer Wohnung im zweiten Stock ausgebrochen war.

Mia und ihre Nichten hatten Glück, noch am Leben zu sein, und Kenton konnte verstehen, warum seine Mutter ihnen sein Haus angeboten hatte. Das Problem war, dass er sich darauf gefreut hatte, allein zu sein. Er brauchte Zeit und Ruhe, um über seine jüngste Mission nachzudenken und seine Zukunft zu planen. Beides würde mit einer Frau, zwei kleinen Kindern und einem widerspenstigen Hund schwierig werden.

Er hörte ein kratzendes Geräusch an der Tür zu seinem Zimmer, gefolgt von einem Jaulen. Eine Sekunde später öffnete sich die Tür und Eliot sprang mitten auf Kentons Bett.

„Nein", sagte Kenton, aber der Hund legte den Kopf schief und leckte Kentons Gesicht. „Hör auf damit." Kenton versuchte, den Hund wegzuschieben, aber Eliot schüttelte sabbernd den Kopf, sodass seine Ohren flatterten. Dann nieste er. Direkt auf Kenton. „Um Himmels willen. Geh runter, du Biest."

Kenton setzte sich auf und schaffte es, das Tier von seinem Bett zu befördern. „Platz", befahl er. Eliot wedelte mit dem Schwanz und hechelte, als wäre das die richtige Antwort. „Niemand hat dich trainiert, hm?" Kenton seufzte. „Daran müssen wir arbeiten, nachdem ich mich mit deiner Besitzerin unterhalten habe."

Kenton kramte in seinen Schubladen und zog sich an, bevor er dem Pfannkuchen-Duft durch das Haus folgte. Eliot erreichte noch vor ihm die Küche, rutschte über den Boden und prallte gegen Mia, die am Herd stand. Sie lachte, als der Hund ihr Knie leckte.

„Guten Morgen, Eliot." Mia drehte sich mit dem Bratenwender in der Hand um, um den Hund zu begrüßen, und sah Kenton an der Tür. „Auch Ihnen einen guten Morgen."

„Hi", sagte er und betrachtete die Szene, die sich ihm bot. Die Zwillinge saßen in Hochstühlen, die an den Küchentisch gezogen worden waren. Sie rissen Pfannkuchen auseinander und schoben sich Stücke davon in den Mund. Kenton betrachtete die Mädchen. Sie schienen identisch zu sein. Genau die gleichen Haare, Augen und kleinen Nasen. Der einzige Unterschied, den er sehen konnte, war, dass eines ein blaues Shirt trug und das andere ein violettes. Beide Kinder blickten kurz auf. Eines erwiderte seinen Blick, aber das andere senkte den Kopf und begann wieder zu essen.

„Der Kaffee ist fertig", sagte Mia, „und dieser Pfannkuchen auch. Er hat die Form von R2-D2, wenn Sie ihn für sich beanspruchen möchten." Sie lächelte ihn an. Er hatte in der Nacht nur eine Andeutung davon gesehen oder vielleicht war er zu müde und schockiert gewesen, um es zu bemerken, aber ihr Lächeln war so strahlend, dass es den ganzen Raum erhellte.

„Ich habe auch Mickey Mouse, wenn Ihnen das lieber ist." Sie deutete mit der Schulter auf den Pfannkuchen auf einem Teller in der Nähe. „Ich mache Blumen, Vögel … was Sie wollen."

Pfannkuchen in verschiedenen Formen? „Wie wäre es mit neugierigen, schokobraunen Labradoren?" Es schien nur gerecht zu sein, dass er zu Eliots Ehren einen Pfannkuchen in Hundeform aß. Schließlich hatte ihm Eliot seinen ersten Kuss seit ziemlich langer Zeit gegeben.

Mia lachte und goss den Teig in die Pfanne. „Also einen Schoko-Labrador. Kommt sofort."

Kenton sah sich in seiner Küche um, während er sich setzte. Das Wohnzimmer hatte … nun … *bewohnt* ausgesehen. Unordentlich und voller Kindersachen. Aber die Küche war makellos und ordentlich. Da sie in einer Bäckerei arbeitete, ergab das Sinn und er war dankbar dafür.

„Er hat Sie heute Morgen nicht aufgeweckt, oder?", fragte sie, als sie den Pfannkuchen wendete.

„*Aufgeweckt* ist eine Untertreibung." Sein Tonfall war scherzhaft.

Sie warf ihm über die Schulter einen Blick zu. Eine verlegene Röte breitete sich erst auf ihrer Nase und dann von einer Wange bis zur anderen über ihr ganzes Gesicht aus. „Das tut mir sehr leid." Die Farbe sah betörend an ihr aus. Er brachte kein Wort heraus, während er sie anstarrte.

Sie war bezaubernd und er war erbärmlich, weil er so auf ihr Erröten reagierte. „Es … es ist okay. Der Kuss war *ein bisschen* nass, aber nichts, womit ich nicht umgehen kann.“

Die Röte vertiefte sich und sie presste die Lippen zusammen bei dem Versuch, nicht zu lachen. „Er ist sehr anhänglich.“ Sie legte den Hunde-Pfannkuchen auf einen Teller und fügte ein paar Würstchen hinzu, bevor sie ihn ihm reichte. „Butter und Sirup sind schon auf dem Tisch.“

Eine Minute später stellte sie die Pfanne in die Spüle und schloss sich ihm an. Bevor sie anfing zu essen, schnitt sie ein Würstchen in kleine Stücke, die sie auf den Tellern der Mädchen verteilte.

„Mögen sie die gleichen Dinge?“, fragte er. Er war sich nicht sicher, was er über die Kinder sagen sollte.

„Meistens, aber sie sind sehr individuell. Das gefällt mir an ihnen.“ Sie goss Sirup über ihren Pfannkuchen. „Emma haben Sie letzte Nacht kennengelernt.“ Sie zeigte auf den Zwilling in Blau. „Und das ist Ava. Sie ist die Ruhigere der beiden.“ Das kleine Mädchen sah ihn unter goldenen Wimpern an.

„Hallo“, sagte Kenton und fühlte sich unwohl. Kinder waren ganz neu für ihn. Solange sie nicht umgezogen wurden, würde er sie zumindest anhand ihrer Kleidung auseinanderhalten können. „Ich habe mir Fotos von dem Brand angesehen“, sagte er. „Das muss fürchterlich gewesen sein.“

„Das war es“, gab sie zu und senkte ihre Stimme. „Ich hatte Angst, aber ich musste handeln. Ich konnte an nichts anderes denken als daran, sie in Sicherheit zu bringen. Sie sind die einzige Familie, die ich noch habe.“

„Gibt es Großeltern?“ Hatte sie niemanden, der ihr helfen konnte?

Sie schüttelte den Kopf. „Meine Eltern sind gestorben, als ich ein Kind war, und die Familie ihres Vaters lebt in Alaska. Ich kommuniziere regelmäßig per Videochat mit seinen Eltern, damit sie ihre Enkelkinder sehen können, aber das Testament meiner Schwester war eindeutig. Ich soll die Mädchen großziehen. Deshalb war ich so dankbar für das Angebot Ihrer Mutter. Es schien fast unmöglich, mit zwei Kindern und einem Hund kurzfristig eine neue Wohnung zu finden." Sie sprach schnell, so als müsste sie ihn überzeugen.

„Ich werde Sie nicht bitten zu gehen", sagte er. Sie konnte sich entspannen, weil er sie und die beiden kleinen Kinder auf keinen Fall auf die Straße setzen würde. So war er nicht. Das würde er ihr nicht antun.

„Danke." Sie seufzte und schenkte ihm ein weiteres Lächeln. Er spürte eine seltsame Enge in seiner Brust. „Das ist sehr nett von Ihnen. Sie können sich nicht vorstellen, wie sehr mir das hilft."

Kenton erwiderte ihr Lächeln und hatte plötzlich Schmetterlinge im Bauch. Er holte tief Luft, um das Kribbeln zu ersticken. Das hier war weder der richtige Ort noch die richtige Zeit. „Sind all Ihre Sachen zerstört worden?"

„Ich konnte ein paar Dinge retten", sagte sie, „aber das meiste war vom Löschwasser und dem Rauch so schwer beschädigt, dass es sich nicht lohnte, es aufzubewahren. Die Versicherung hat mir geholfen, das zu ersetzen, was ich kurzfristig brauchte. Kinderbetten für die Mädchen, Kleidung und dergleichen."

Kenton sah zu, wie Eliot sich Emmas Hochstuhl näherte und ein Stück Wurst von ihrem Teller stibitzte. Das war nicht ungewöhnlich für einen Hund, dessen Kopf auf Tischhöhe war, aber auch kein akzeptables Verhalten.

„Mia …" Er versuchte, ihre Aufmerksamkeit zu bekommen.

„Meine Wohnung wird renoviert und die bei dem Brand zerstörten

Gebäudeteile werden abgerissen und wiederaufgebaut, aber ich weiß nicht, wann wir zurückkehren können."

„Ja, das habe ich auch in dem Online-Artikel gelesen. Äh … Mia." Er zeigte auf Eliot, der sich vom Teller des anderen Zwillings bediente.

„Eliot, hör auf damit", sagte Mia, aber ihre Stimme klang amüsiert. Der Hund sah sie mit seelenvollen Augen an und schnappte sich ein weiteres Stück Pfannkuchen.

„Er ist völlig unerzogen", bemerkte Kenton. Das musste sich bald ändern. Er konnte einiges tolerieren, aber keinen halbwilden Hund.

„Nicht ganz. Er hat noch nie einen Unfall im Haus gehabt", sagte sie fröhlich. „Die Zwillinge hingegen …"

„Hm?" Über was für einen Unfall sprach sie?

„Sie können noch nicht allein auf die Toilette. Kleinkinder machen viel Dreck."

Emma schmierte sich die Reste ihres Pfannkuchens in ihre Haare. „Das kann ich sehen", kommentierte er.

„Machen Sie sich keine Sorgen", fuhr Mia fort. „Ich werde die Wände und Böden schrubben, bevor wir ausziehen."

Wände? Das klang gar nicht gut. Obwohl er noch nicht lange in dem Haus wohnte, hatte er darauf geachtet, Farben auszuwählen, die zu dem Alter des Gebäudes passten. Und er hatte komfortable, klassische Möbel gekauft. Seine Mutter hatte ihm geholfen, aber er hatte einen Innenarchitekten für die formellen Räume engagiert. Dieses Haus würde die Kulisse für das perfekte Leben sein, das er für sich plante.

Wenn es diese vorübergehende Invasion überlebte.

Kenton spürte, wie sein Ärger wuchs, was nicht fair war. Mia steckte in der Klemme. Vielleicht war es am besten, Abstand zu halten, dann sah er die Zerstörung zumindest nicht aus unmittelbarer Nähe.

Er stand auf und stellte seinen Teller in die Spülmaschine. „Ich habe etwas zu erledigen. Soll ich Ihnen beim Aufräumen helfen?"

„Das schaffe ich schon." Mia wischte Avas Hände mit einem Papiertuch ab.

„Danke für das Frühstück."

Kenton war die nächsten Stunden damit beschäftigt, in seinem Arbeitszimmer seine persönlichen E-Mails zu sortieren, die wenigen Briefe zu lesen, die per Post gekommen waren, und sich Sorgen darüber zu machen, dass der Anführer des Kinderhändlerrings noch immer irgendwo auf der Welt auf freiem Fuß war.

Er klickte auf den Kugelschreiber in seiner Hand, als er noch einmal seine letzte Mission durchging und nach dem Fehler in seinem Plan suchte, der es dem Mann ermöglicht hatte, durch das Netz zu schlüpfen, das sie für ihn ausgeworfen hatten. Kenton konnte den Fehler immer noch nicht finden, also konzentrierte er sich auf seine Zukunft. Das Haus war fast perfekt, aber er hatte noch ein paar Heimwerkerprojekte vor sich, bevor er bereit für die zweite Phase war, in der er jemanden finden würde, mit dem er es teilen konnte.

Das war eine schwierige Aufgabe, aber er würde sie so bewältigen wie die meisten Probleme in seinem Leben – mit einem soliden Plan. Er erstellte eine Liste von Orten, an denen er die richtige Art von Frau treffen könnte, und recherchierte Dating-Apps mit hohen Heiratsraten. Eine überraschend hohe Anzahl von Paaren hatte sich schon auf diese Weise kennengelernt und später geheiratet. Es wirkte vielversprechend.

Zufrieden mit dem, was er erreicht hatte, öffnete er die Tür seines Arbeitszimmers und zuckte zusammen. Die massive Eichentür hatte verhindert, dass der Lärm ihn erreichte, aber damit war es jetzt vorbei. Er ging zum Epizentrum der Kakofonie: seinem Wohnzimmer. Als er durch den Torbogen trat, erstarrte er.

Musik lief und hohe Stimmen sangen Kinderreime. Eliot fraß etwas, das nicht zu identifizieren war, vom Boden in der Ecke. Eines der Mädchen saß mit tränenüberströmten Wangen auf dem Teppich und das andere hatte ein rotes Gesicht, als wäre es wütend. Mia stand zwischen ihnen, fast als würde sie Schiedsrichterin spielen. Was zum Teufel war das für ein Chaos?

Er war kein Experte, aber es sah so aus, als wären alle reif für ein Nickerchen.

„Vielleicht könnten Sie mir mehr über Ihren Tagesablauf erzählen", sagte Kenton und hob seine Stimme, um gehört zu werden, obwohl er tatsächlich Befehle brüllen wollte, bis alle still waren.

„Sicher", sagte Mia, hob das weinende Mädchen hoch und kitzelte seinen Bauch. Es schien aber nur minimal bei der Beruhigung des Kindes zu helfen. „An Arbeitstagen stehe ich um vier Uhr auf. Normalerweise breche ich ungefähr eine halbe Stunde später auf, setze die Mädchen in der Kindertagesstätte ab und fahre zur Bäckerei. Da ich hauptsächlich in der Backstube bin, ist meine Arbeit gegen Mittag oder spätestens um eins erledigt – es sei denn, es ist wirklich viel los und ich muss beim Verkauf aushelfen. Ich hole die Mädchen auf dem Heimweg ab, sodass wir am frühen Nachmittag alle zu Hause sind, was mir viel Zeit mit ihnen gibt."

„Ich meine die Zeitpläne der Mädchen. Wann sie essen, schlafen und so weiter."

„Oh, ich mache keine starren Zeitpläne für sie", antwortete Mia.

„Ernsthaft?" Kentons Augenbrauen schossen hoch. Das klang nicht richtig für ihn. Seine Kindheit war ordentlich nach einem Zeitplan verlaufen und seine Mutter war die Hüterin der Uhr gewesen. Er hatte immer das Gefühl gehabt, dass dies zu guten Gewohnheiten und Verantwortungsbewusstsein führte. Zur Hölle, er glaubte sogar, dass die

Art und Weise, wie er erzogen worden war, ihn zu einem guten Soldaten gemacht hatte.

„In der Kindertagesstätte gibt es einen Plan für Snacks, Nickerchen und Spielzeit“, erklärte sie, „aber zu Hause bevorzuge ich eine freiheitliche Erziehung.“

Kenton kamen frei laufende Hühner in den Sinn und das schien nicht der beste Weg zu sein, um Kinder großzuziehen. „Was bedeutet das?“

„Es ist ein System, das die Unabhängigkeit fördert, indem die Kinder die Verantwortung für sich selbst übernehmen. Natürlich in gewissen Grenzen. In diesem Alter bedeutet es, dass sie beispielsweise entscheiden können, wann sie hungrig sind. Kinder Entscheidungen treffen zu lassen, gibt ihnen Selbstvertrauen. Und es ist erwiesen, dass eine freiheitliche Erziehung dazu führt, dass sie glücklicher sind, mehr draußen spielen und über bessere soziale Fähigkeiten verfügen.“

Kenton beäugte die beiden Kleinkinder. Keines sah glücklich oder kommunikationsfähig aus. Er wollte nicht riskieren, sie draußen spielen zu lassen. Gott allein wusste, was passieren würde, wenn er sie in den Garten ließ.

„Ich möchte, dass die Mädchen ihren Instinkten folgen“, fuhr Mia fort. „Sie werden mich wissen lassen, wenn sie etwas brauchen.“

„Sie scheinen beide launisch zu sein“, bemerkte er. „Heißt das, dass sie ein Nickerchen brauchen?“

„Wahrscheinlich“, sagte sie mit einem reumütigen Lächeln, „aber sie müssen lernen, sich selbst zu beruhigen und allein einzuschlafen.“

Es brauchte alles in ihm, um das, was sie sagte, nicht lächerlich zu nennen. Wer hatte sich dieses Zeug ausgedacht? Das war eigentlich eine gute Frage. „Woher wissen Sie das?“

„Aus Erziehungsratgebern und Artikeln“, sagte sie. „Sie können es nachschlagen.“

„Ich nehme Sie beim Wort." Das Letzte, was er tun wollte, war, Eltern-
foren zu durchsuchen, in denen Kinder mit Hühnern gleichgesetzt
wurden. Trotzdem musste er zugeben, dass er keine Ahnung hatte, wie
er ein Kind zum Einschlafen bringen sollte. Er erinnerte sich, dass seine
Mutter früher verkündet hatte, es sei Zeit für seinen Mittagsschlaf, und
das war das Ende der Diskussion gewesen.

Über den Lärm der Musik hörte er etwas Neues: ein Wimmern. Er sah
schnell zu den Kindern. Sie wirkten unverändert. Also konzentrierte er
sich auf Eliot, der übermäßig sabberte. Die Seiten des Hundes zuckten
und Sekunden später erbrach er sich auf den Teppich vor dem Kamin.
Was dabei herauskam, spottete jeder Beschreibung. Kenton konnte
unter anderem unverdaute Kekse in Regenbogenfarben erkennen.

Mia holte tief Luft. „Es tut mir leid. Ich werde sofort sauber machen."
Sie drehte sich in die eine und dann in die andere Richtung, bevor sie
den Zwilling, den sie hielt, in seine Arme schob.

Bevor Kenton reagieren konnte, rannte Mia aus dem Zimmer zum Flur-
schrank, wo er das Teppichshampoo aufbewahrte.

Das Zwillingsmädchen, das er hielt – Ava, vermutete er –, kniff das
Gesicht zusammen und sah aus, als würde es gleich explodieren. Er
hatte einmal einen Drill-Sergeant gehabt, der genauso ausgesehen hatte,
kurz bevor er eine Flut von Befehlen und Flüchen ausstieß. Während er
versuchte zu entscheiden, wie er mit den drohenden Tränen umgehen
sollte, spürte er, wie kleine Hände den Saum seiner Sportshorts
umklammerten.

Er sah nach unten. Der andere Zwilling zog sich an seiner Kleidung
hoch und drohte, ihm dabei die Shorts herunterzureißen.

„So funktioniert das nicht", sagte er zu sich selbst.

Er hob den Blick und begegnete Mias Augen, als sie in das Zimmer
zurückkehrte. Sie hatte ihn gehört. Verdammt.

KAPITEL VIER

„Wie geht es dir?" Shasta lief in der Backstube der Bäckerei an ihr vorbei und legte schnell Brote, die direkt aus dem Ofen kamen, auf ein Tablett.

„Gut, keine Sorge", sagte Mia, als sie den riesigen Standmixer einschaltete, um die letzte Teigportion für diesen Morgen herzustellen.

Shasta hatte eine Eigenart. Die ältere Frau hatte die Angewohnheit, bei allem, was für sie keinen Sinn ergab, die Augen auf eine ganz spezielle Art zusammenzukneifen. Mia spürte, dass dieser Blick nun auf sie gerichtet war.

„Du warst heute Morgen ein bisschen hektisch", sagte Shasta mit ihrer heiseren Stimme.

Seufzend lehnte sich Mia in der Nähe von Shasta an die Theke. „Kenton Fitzpatrick ist vor zwei Tagen viel früher nach Hause gekommen, als seine Mutter erwartet hatte. Ich bin mir nicht sicher, ob er glücklich darüber ist, dass ich in seinem Haus wohne."

„Schade. Er ist aber ein netter Mann, oder? Ich erinnere mich an ihn als ein braves Kind. Seine Mutter hat Wert darauf gelegt, einen Gentleman großzuziehen." Shasta kannte Margaret ebenfalls.

„Das ist er auch", stimmte Mia ihr schnell zu. Er hatte gestern beim Frühstück gesagt, dass er sie nicht hinauswerfen würde, aber seine Worte später an diesem Tag, dass ihr Arrangement nicht funktionieren würde, hatten sie erschüttert. Er war den Rest des Tages übermäßig höflich gewesen, hatte ihr geholfen, das Chaos zu beseitigen, und sich dann von ihr distanziert, indem er nach draußen gegangen war, um im Garten zu arbeiten. „Aber ich bin in seinem Haus."

Die Glocke über der Tür der Bäckerei klingelte. „Ich komme gleich zurück." Shasta hob das Tablett auf ihre Schulter und ging durch die Schwingtür, die die Backstube mit dem Verkaufsbereich verband.

Mia betrachtete den Teig in der Rührschüssel. Er sah ein wenig klebrig aus. Wahrscheinlich lag das an der höheren Luftfeuchtigkeit an diesem Tag. Sie fügte mehr Mehl hinzu und wartete, während der Teig geknetet wurde. Besser. Bei der Arbeit in der Bäckerei hatte sie viel Erfahrung gesammelt. Sie experimentierte trotzdem gern, besonders zu Hause, weil es beim Stressabbau half. Noch am Vortag hatte sie Brötchen und Kekse gemacht. Das Backen entspannte sie und half ihr dabei, ihr Repertoire zu erweitern. Sie war mit den Brötchen zufrieden gewesen, aber die Kekse waren nur gut, anstatt großartig gewesen.

Nicht, dass es etwas ausmachte. Sie waren trotzdem gegessen worden und hatten sie von ihrer Situation abgelenkt. Nach Kentons Reaktion auf die chaotische Szene in seinem Wohnzimmer dachte Mia ernsthaft darüber nach, auszuziehen.

Allerdings hasste sie Umzüge. Sie erforderten so viel Planung. Das Packen wäre minimal, da sie und die Mädchen zu diesem Zeitpunkt nur wenige Habseligkeiten hatten, aber sie würde mit ihrem kleinen Auto trotzdem mehrmals hin und her fahren müssen. Und dann müsste sie bei der Post eine Adressänderung beantragen und sich damit herumschlagen, Strom und Wasser umzumelden. So viele Details. Und der

Ort, an den sie umziehen müsste, war so weit von ihrem Job und der Kindertagesstätte der Mädchen entfernt. Am schlimmsten wäre, dass die Mädchen wieder entwurzelt wurden. Die armen Kinder hatten in ihrem jungen Leben schon genug Veränderungen durchgemacht.

Mia musterte den Teig erneut und entschied, dass sie mit seiner Konsistenz zufrieden war. Sie legte ihn auf die Theke und begann, ihn für die Brote in Stücke zu schneiden. Als Margaret ihr Kentons Haus angeboten hatte, hatte es wie eine schicksalhafte Fügung gewirkt. Mia war immer jemand gewesen, der an Zufälle glaubte. Ihrer Erfahrung nach führten Dinge, die zufällig geschahen, oft zu etwas Gutem. Einmal war sie in einem Lokal mit einem Skilehrer ins Gespräch gekommen und es hatte ihr einen Winterjob in einem Resort in Colorado eingebracht. Dort war es so schön gewesen. Eine weitere zufällige Begegnung hatte sie als Konditorassistentin in ein großes Hotel in den Florida Keys geführt.

Sie war nach dem Abbruch ihres Studiums im ganzen Land herumgekommen und hatte das Haus ihrer Schwester immer als eine Art Basis betrachtet. Nach der Geburt der Zwillinge war Mia näher bei Caroline geblieben, da sie am Leben ihrer Nichten teilhaben wollte, aber sie war nie in Stillstand geraten, sondern hatte sich immer noch von Zeit zu Zeit treiben lassen, und das war auch gut so. So hatte sie auch den Job in dieser Bäckerei gefunden. Sie war in den Tagen nach dem Tod Carolines und ihres Schwagers die Straße entlang gegangen und hatte den beruhigenden Duft von frisch gebackenem Brot gerochen. Mia hatte die Tür der Bäckerei geöffnet und vorgehabt, etwas Süßes für die Zwillinge zu kaufen, als sie eine Stellenausschreibung für einen Sommerjob gesehen hatte. Es schien ein Wink des Schicksals zu sein und sie hatte sich sofort als Bäckerin beworben.

„Ich denke, das ist der letzte Kundenansturm heute Morgen." Shasta stieß die Tür auf und lehnte sich dagegen, damit sie reden konnte, während sie den Eingang im Auge behielt. „Ich kann dir beim Umzug helfen, wenn es das ist, was du tun musst."

„Ich will es aber nicht tun.“ Mia seufzte.

„Alles ist schwieriger, wenn man Kinder hat, auf die man Rücksicht nehmen muss.“ Shasta hatte vier erwachsene Kinder und mehrere Enkelkinder. „Möglicherweise musst du darüber nachdenken, ein bisschen mehr Struktur in dein Leben zu bringen. Das hilft wirklich.“

„Meinst du damit etwa, dass ich Pläne machen soll?“, fragte Mia.

Shasta grinste. „Es ist nicht das Ende der Welt zu wissen, was als Nächstes kommt.“

„Funktionieren Pläne jemals wirklich? Ich meine, wann immer ich es versucht habe, ist irgendetwas furchtbar schiefgelaufen.“ Mia dachte an ihre Eltern, die immer alles im Voraus geplant hatten. Ihr Zuhause war überorganisiert gewesen, einschließlich eines Whiteboards in der Küche, auf dem sowohl der wöchentliche als auch der tägliche Zeitplan für alle im Haushalt gestanden hatte. Als ob das Wissen, wo jemand sein sollte, dazu führte, dass er tatsächlich dort war. Mia erinnerte sich, dass es meistens funktioniert hatte, aber nichts davon war von Bedeutung gewesen, als ihre Eltern auf dem Highway in einen Unfall mit mehreren Fahrzeugen verwickelt worden waren. Pläne hatten sie nicht gerettet, genauso wenig wie später ihre Schwester.

Sie stieß den Atem aus. Zwei Generationen ihrer Familie waren bei Unfällen ausgelöscht worden. Niemand musste ihr sagen, dass das Leben unvorhersehbar war. Das wusste sie aus eigener Erfahrung.

„Sie funktionieren nicht immer. Im Leben gibt es ständig Überraschungen. Einige sind gut, andere schlecht. Nimm zum Beispiel meinen William.“ Shastas jüngster Sohn hatte kürzlich das College mit einem Abschluss in Ingenieurwissenschaften verlassen. „Er war nicht geplant und ein weiteres Baby hat das Familienbudget erheblich belastet.“ Shasta lächelte wieder und senkte ihre Stimme. „Wenn du jemandem erzählst, was ich jetzt sage, werde ich es leugnen, aber William ist mein Favorit. In gewisser Hinsicht ist er das beste meiner Kinder. Ich liebe sie alle, aber er ist etwas Besonderes. Und du hast recht, er war nicht geplant und es hat großartig funktioniert."

„Siehst du. Das ist genau, was ich meine", sagte Mia. „Es gibt nie eine Garantie dafür, wie sich die Dinge entwickeln." Das war eine Tatsache für sie, aber es half ihr nicht dabei, besser mit ihrer gegenwärtigen Situation umzugehen. Sie musste etwas ändern und Kenton sein Zuhause zurückgeben, denn es war wirklich so etwas wie seine Festung. Das schöne Haus hatte sogar einen Turm, der an ein Schloss erinnerte.

Okay, die Entscheidung ist getroffen, dachte sie, als sie den Teig in Brotformen verteilte, damit er aufgehen konnte. Sie würde beim Büro der Wohnungsgesellschaft vorbeifahren und fragen, ob sie eine Wohnung in dem anderen Apartmenthaus bekommen konnte. Der Umweg würde ihr das Leben schwerer machen, aber das ließ sich nicht ändern. Sie musste Kentons Haus räumen.

„Könntest du Eliot für ein paar Monate nehmen?", fragte sie Shasta, die am Stadtrand lebte und deren Grundstück so groß war, dass ein Hund dort herumrennen konnte.

„Natürlich", willigte Shasta bereitwillig ein. „Ich werde mich gut um ihn kümmern, wenn das hilft."

„Danke", sagte Mia. Sie hatte nicht die Absicht, große Pläne zu machen, aber sie konnte kleine Vorkehrungen treffen, um voran-zukommen.

Eine Stunde später fuhr Mia auf dem Weg zur Kindertagesstätte der Zwillinge bei der Wohnungsgesellschaft vorbei. Nachdem sie mit einem Mitarbeiter gesprochen hatte, fühlte sie sich etwas besser. Die Renovierungsarbeiten verliefen planmäßig und ihre ursprüngliche Wohnung würde in einem Monat wieder bezogen werden können. Das war gar nicht so übel. In der Zwischenzeit hatte die Wohnungsgesell-schaft eine Unterkunft in der Nachbarstadt für sie. Einen Monat

Pendeln könnte sie überstehen und Eliot würde hoffentlich bei Shasta glücklich sein.

Es sieht schon besser aus, sagte sich Mia, als sie losfuhr, um die Mädchen abzuholen. Jen, die Lieblingsbetreuerin der Mädchen, half Mia, sie zum Auto zu bringen. Als sie ein Kind nach dem anderen anschnallten, erzählte Mia Jen von ihren Wohnungsproblemen und davon, dass sie fast gelöst waren, wenn nur die längere Fahrt nicht gewesen wäre.

„Dabei kann ich Ihnen helfen", sagte Jen.

„Wie? Kommen Sie vorbei und babysitten für mich in meiner neuen Wohnung?", scherzte Mia.

„Nein, aber ich kann Ihnen vielleicht eine Unterkunft anbieten, die näher liegt. Ich habe mir gerade einen Schuppen in meinem Garten bauen lassen."

„Einen was?", fragte Mia. Jen bot ihr einen Schuppen an, um darin zu wohnen?

Jen lächelte. „Er ist nicht das, wonach er klingt. Tatsächlich ist er ein kleines Haus. Ich habe es mir für meine Bastelprojekte eingerichtet und es gibt dort sogar Strom und Wasser. Es könnte vorübergehend funktionieren und die Mädchen würden es bestimmt genießen. Es wäre, als würde man in einem Puppenhaus wohnen. Denken Sie darüber nach."

„Das werde ich", sagte Mia, als sie die Tasche der Mädchen in den Kofferraum ihres Autos stellte. „Danke." Sie winkte Jen zu und stieg in ihr Auto.

Menschen waren im Allgemeinen nett. Mia hatte das schon vor langer Zeit gelernt und es war der Grund dafür, dass ihr das Leben als sorgloser Single, der sich treiben ließ, so viel Spaß gemacht hatte. Das Leben als Mutter war voller Sorgen, mit denen sie nie gerechnet hatte, aber ihre Freunde und Bekannten waren trotzdem für sie da. Die

Botschaft des Universums war also klar. Sie hatte gute Optionen und es war ohnehin nur für ein paar Wochen.

Auf der zehnminütigen Fahrt zu Kentons Haus schliefen beide Mädchen auf dem Rücksitz ein. Das war auch eine Art Segen. Sie könnte unbemerkt aus dem Auto steigen und vielleicht mit Kenton über den Umzug sprechen, bevor sie aufwachten. Sie hatte sich gestern nach Eliots Brechanfall nicht ausreichend bei ihm entschuldigt und wollte sich dafür bedanken, dass er ihr erlaubt hatte, in den letzten Wochen in seinem Haus zu wohnen. Sie würde eine nette, kleine Rede halten und dann anfangen, ihre Sachen zu packen, um morgen oder übermorgen auszuziehen.

Sie bog in die Einfahrt ein, parkte in der Nähe der Garage und stieg leise aus dem Auto. Kenton arbeitete auf der Veranda und kratzte Farbe von einem Geländer ab. Mia hatte nicht einmal bemerkt, dass sie abgeblättert war. Sein Shirt schmiegte sich an seine breiten Schultern und offenbarte jede Linie und jede Kurve darunter, während die Muskeln an seinen Armen sich bei der Arbeit anspannten. Eine vertraute Wärme erblühte in ihrem Bauch. Es war dieselbe Wärme, die sie in der Nacht ihres Kennenlernens gespürt hatte. Sie holte tief Luft, um ihre Sinne abzukühlen. Wann war das Abkratzen von Farbe so verführerisch geworden?

„Hi!", rief sie und erregte seine Aufmerksamkeit, als sie näherkam. „Ich wollte …"

„Hey", rief Kenton. Er starrte mit angespanntem Kiefer hinter sie.

Mia wirbelte herum. Ein Mann näherte sich ihrem Auto von der gegenüberliegenden Straßenseite. Instinktiv drückte sie den Sperrknopf an ihrem Schlüsselanhänger. Er hielt etwas Schwarzes, Glänzendes in der Hand und sie dachte, er wollte damit das Fenster neben Emma einschlagen, aber dann hörte sie einen lauten Knall und erstarrte. War das ein Schuss?

Oh ja, das war es. Der Mann hatte eine Pistole!

„Runter", befahl Kenton und rannte an ihr vorbei zu dem Schützen. Der Kerl starrte Kenton an, bevor er mit ihm auf den Fersen davonlief.

Mia duckte sich und schaffte es zum Auto. Sie setzte sich zu den Mädchen auf den Rücksitz, schloss wieder die Türen ab und zog die beiden dann auf den Boden. Ihr Herz raste und sie hatte noch nie in ihrem Leben so viel Angst gehabt.

„Es ist alles in Ordnung, Mädchen", versuchte sie, die Zwillinge zu beruhigen, aber ihre Stimme zitterte. Es war definitiv nicht in Ordnung. Jemand hatte gerade ihre Nichten bedroht.

KAPITEL FÜNF

er auch immer der Kerl ist, er ist gut in Form, dachte Kenton nach einer Verfolgungsjagd um zwei Blöcke, die erst endete, als der Mann in ein wartendes Auto sprang und davonraste. Kenton merkte sich das Kennzeichen, aber er bezweifelte, dass es etwas bringen würde. Wahrscheinlich war der Wagen entweder gestohlen oder gemietet. Verbrecher neigten nicht dazu, ihre eigenen Fahrzeuge zu benutzen.

Er lief zurück zum Haus und fand Mia zusammengekauert in ihrem Auto. Als er an das Fenster klopfte, bemerkte er ihren panischen Gesichtsausdruck, bevor sie ihn erkannte und die Tür öffnete. Ihre Angst berührte ihn auf eine Weise, die er nicht ganz verstehen konnte.

„Er ist weg. Ich helfe Ihnen." Da sie einen Zwilling trug, nahm er den anderen. Er hob das Mädchen hoch und hielt es dicht an seinen Körper. „Gehen Sie schnell ins Haus." Sobald sie drinnen waren, stellte er das Kind auf die Füße. Sofort ergriff es Mias Hand. „Bleiben Sie von den Fenstern weg. Gehen Sie ins Wohnzimmer und beschäftigen Sie die Kinder auf dem Boden."

„Was ist passiert?" Mias Pferdeschwanz war schief und ihre Augen waren geweitet.

„Tun Sie einfach, was ich sage", verlangte er. „Bitte."

Obwohl er an diesem Tag nicht ausgegangen war und nicht glaubte, dass jemand sich Zutritt verschafft haben könnte, durchsuchte er das Haus vom Dachboden bis zum Keller nach Anzeichen eines Eindringlings. Als er nichts fand, was ihn beunruhigte, ging er nach draußen und überprüfte sorgfältig die Garage und den Garten. Im Stamm einer riesigen Eiche in der Nähe von Mias Auto steckte eine Kugel. Der Schuss musste für die Nachbarn wie eine Fehlzündung geklungen haben, da er keine Aufmerksamkeit erregt hatte. Kenton war froh darüber. Er musste nachdenken und seine Kontakte nutzen, weil er bezweifelte, dass es sich bei dem Angriff um den Versuch eines gewöhnlichen Raubüberfalls oder einer Entführung gehandelt hatte.

Diese Sache war ernster. Nach Kentons Einschätzung war der Angreifer aufgrund seiner Kleidung und der Art von Waffe, die er benutzt hatte, ein Profi gewesen. Der Fehlschuss überraschte Kenton jedoch. Es sei denn, die Absicht war gewesen, ihn nur zu erschrecken. Falls es so war, hatte es funktioniert.

Als er sich davon überzeugt hatte, dass das Haus gesichert war, ging er zu Mia. Sie sah vom Boden des Wohnzimmers mit weniger Panik in den Augen, aber ohne ein Lächeln zu ihm auf. Die Mädchen machten ein Kinderpuzzle und schienen unbeeindruckt von dem Vorfall zu sein.

„Wir sind jetzt in Sicherheit", sagte er, um Mia zu trösten. „Ich muss ein paar Anrufe erledigen."

„Was ist passiert? Was wollte dieser Mann?" Sie hielt ihre Stimme leise, aber sie klang nervös.

„Ich habe noch nicht alle Antworten. Geben Sie mir einfach ein bisschen Zeit." Er ging in sein Arbeitszimmer und rief zuerst seinen Kommandanten an, um zu beschreiben, was geschehen war. Ihm wurde gesagt, er solle auf einen Rückruf innerhalb der nächsten Stunde warten. Als Nächstes redete er mit Anderson und Patrick. Die erneute Schilderung des Vorfalls half Kenton dabei, die Details in seinem Kopf noch einmal durchzugehen. Immer wieder spielte er die Szene in Zeitlupe durch und suchte nach Hinweisen, die er möglicherweise übersehen hatte.

Als er damit fertig war, war Colonel Schaffer, sein Kommandant, wieder in der Leitung.

„Bei Ihnen wohnen also eine Frau und zwei Kinder?", fragte der Colonel sofort, als Kenton den Anruf entgegennahm. „Ich dachte, Sie wären alleinstehend."

„Das bin ich auch. Sie wohnen hier nur vorübergehend." Kenton berichtete kurz von dem Brand und dem Angebot seiner Mutter an Mia und die Mädchen, in seinem Haus zu leben.

„Dann haben sie Pech gehabt", sagte Colonel Schaffer, als Kenton endete. „Der Geheimdienst hat eine Bedrohung gegen Sie festgestellt. Keine Details, aber es gibt internationale Gerüchte. Wir konnten noch nicht eingrenzen, von wem die Gefahr ausgeht, aber derjenige scheint über Ihre Hausgäste Bescheid zu wissen."

„Sie denken, dass sich die Bedrohung auch gegen sie richten könnte." Das gefiel Kenton überhaupt nicht.

„Es ist möglich. Wenn jemand Ihnen schaden will, könnte er das tun, indem er die Kinder oder die Frau angreift", sagte der Colonel.

„Aber sie ist nicht meine Freundin und es sind nicht meine Kinder. Ich hatte sie noch nie getroffen, bis ich vor ein paar Tagen nach Hause gekommen bin", argumentierte Kenton. Das alles wurde zu einem Albtraum. Er konnte mit einer Bedrohung umgehen. Es wäre nicht die erste. Aber wenn Mia und die Mädchen ins Kreuzfeuer gerieten …

„Sie können sich denken, wie es für Außenstehende aussieht“, erwiderte Colonel Schaffer. „Jeder würde annehmen, dass eine tiefere Bindung zwischen ihnen besteht. Halten Sie die Augen offen. Wir werden uns bei Ihnen melden, sobald wir weitere Informationen haben.“

„Verdammt“, murmelte Kenton, als er auflegte. Eine Reihe von Dingen war ihm klar geworden. Erstens waren er und sein Haus beobachtet worden, wahrscheinlich schon bevor er von seiner letzten Mission zurückgekehrt war. Zweitens wünschte er, seine Mutter hätte sein Zuhause niemals einer Fremden angeboten, die jetzt möglicherweise in Gefahr schwebte. Das führte zu drittens: Er musste Mia und ihre Nichten beschützen und das ging nur, wenn sie in der Nähe blieben.

Letzteres war eine Komplikation, die er nicht wollte oder brauchte, aber er fühlte sich ihnen gegenüber verpflichtet. Bevor er mit Mia sprach, rief er Patrick und Anderson zurück und teilte ihnen mit, was der Colonel gesagt hatte. Beide waren sich einig, dass er abwarten und seine Gäste beschützen musste, und boten an, zur Stelle zu sein, wenn er sie brauchte.

Das war ohnehin klar, da sie sich seit der Grundschule gegenseitig den Rücken freihielten, aber es war gut zu wissen, dass Hilfe nur einen Anruf entfernt war.

„Der Kerl hatte es auf die Kinder abgesehen“, hatte Anderson während des Gesprächs gesagt. „Du weißt, was ich denke. Der Angriff könnte mit Ocampa zusammenhängen.“

Anderson hatte recht. Er hatte es nicht laut sagen müssen. Kenton hatte bereits das Gleiche gedacht.

Er stand auf und ging zu Mia, wohl wissend, dass ihr nicht gefallen würde, was er zu sagen hatte. Das würde niemandem gefallen. Als er das Wohnzimmer erreichte, war es unheimlich still. Mia saß auf der Couch und legte Kleidungsstücke aus einem Wäschekorb zusammen.

Die Mädchen schliefen zugedeckt auf dem Teppich vor dem Kamin. Sogar Eliot war zur Abwechslung ruhig.

„Sie sehen friedlich aus", sagte er, als seine Augen durch den Raum schweiften.

„Sie haben nicht genug gesehen, um Angst zu haben", sagte Mia, aber ihr Tonfall deutete darauf hin, dass sie es getan hatte.

„Im Moment gibt es keinen Grund zur Sorge. Das Haus ist gut gesichert." Er wollte ihr etwas Trost spenden. Sie sah müde und abgespannt aus, was keine Überraschung war, weil sie seit vier Uhr wach war und eine ganze Schicht gearbeitet hatte – und weil sie sich um zwei Kleinkinder kümmerte. Wie musste es für sie gewesen sein, plötzlich Mutter zu sein? Das und der Verlust ihrer Schwester mussten verdammt hart gewesen sein. Und dann noch der Wohnungsbrand. Andere Menschen wären unter all dem vielleicht zusammengebrochen, aber sie war anscheinend belastbarer. Er hoffte es angesichts dessen, was er ihr zu sagen hatte.

„Gut. Das ist gut", wiederholte sie, als wollte sie sich selbst davon überzeugen. „Die Mädchen und ich werden morgen oder spätestens übermorgen aus Ihrem Haus verschwinden, damit Sie sich keine Gedanken mehr um uns machen müssen."

„Was?"

„Ich habe zwei andere Übernachtungsmöglichkeiten." Sie suchte das Gegenstück einer Socke, während sie sprach. „Ich werde mich heute Abend entscheiden und die erforderlichen Vorkehrungen treffen."

„Sie können nicht weggehen", sagte er ohne Umschweife, aber er hielt seine Stimme leise. „Das ist zu riskant."

„Was meinen Sie?" Sie blickte zu ihm auf und er sah, wie die Panik in ihre Augen zurückkehrte.

Er durchquerte den Raum und setzte sich neben sie. „Der Angriff heute galt nicht nur mir. Ich denke, er hat Sie und die Mädchen eingeschlossen."

„Was?" Sie drehte sich zu ihm. „Wovon reden Sie? War das etwa kein Zufall?"

Er schüttelte den Kopf und versuchte herauszufinden, wie er ihr am besten erklären sollte, dass ein international gesuchter Verbrecher sie beobachtete und möglicherweise etwas noch viel Schlimmeres vorhatte.

Sie blinzelte schnell, aber er sah die Tränen in ihren Augen. Der Glanz des Glücks, den er dort gesehen hatte, war völlig verschwunden und er war sich nicht sicher, was er tun sollte.

„Bitte machen Sie sich keine Sorgen", sagte er. Was meinte er damit? Natürlich sollte sie sich Sorgen machen. „Das heißt, ich werde mich darum kümmern. Ich arbeite schon daran …" Oh, verdammt. Jetzt sah sie noch aufgebrachter aus. „Ich meine, was Sie auch brauchen, ich werde …"

„Ich könnte eine Umarmung gebrauchen", sagte sie und lächelte ihn trotz der Tränen, die über ihre Wangen liefen, müde an.

Er zögerte. Er wollte sie trösten, aber mit verzweifelten Frauen umzugehen war nichts, was er normalerweise tat. „Sicher", sagte er und zog sie an sich. Sie saßen immer noch auf der Couch, aber sie vergrub ihren Kopf an der Stelle zwischen seiner Schulter und seinem Hals. Er legte einen Arm um ihre Taille und den anderen um ihre Schultern und hielt sie fest. Ein leises Wimmern kam von ihr und er nahm an, dass es ein Schluchzen war, aber er wusste nicht, was er sagen sollte, um ihre Lage besser zu machen. Also hielt er sie einfach fest und massierte ihre Schultern in kleinen, kreisförmigen Bewegungen.

Als sie ein paar Minuten später von ihm zurückwich, waren ihre Augen gerötet, aber sie schien gefasster zu sein, während sie sich aufrichtete und ein wenig Abstand zwischen sie brachte. Sein Körper vermisste sofort ihre Weichheit. Was war hier los? Er war von Natur aus niemand, der andere gern umarmte, aber sie in den Armen zu halten, hatte sich richtig angefühlt.

„Wir müssen also hierbleiben?" Sie rieb mit den Fingern über ihre Wangen und entfernte die letzten Spuren ihrer Tränen.

Er nickte. „Wir müssen einen Zeitplan erstellen."

„Müssen wir das?" Sie klang sofort vorsichtig. Dachte sie, er wollte sie kontrollieren?

„Ich muss wissen, wann Sie kommen und gehen", erklärte er. „Und wann die Mädchen draußen spielen. Alles muss koordiniert werden, damit ich für maximale Sicherheit sorgen kann."

„Oh, daran hatte ich nicht gedacht." Ein Teil ihrer Anspannung ließ nach. „Wenn es zu ihrem Schutz nötig ist …"

„Und zu Ihrem." Es war genauso wichtig, sie zu verteidigen. Er würde sich niemals vergeben, wenn die freundliche Geste seiner Mutter, einer bedürftigen Frau Schutz zu bieten, zu etwas Tragischem führte.

„Ich bin erwachsen", sagte sie. „Ich kann auf mich selbst aufpassen. Alles, was zählt, sind die Mädchen."

Kenton lächelte fast. Sie hatte etwas von einer Bärenmutter an sich, die ihre Jungen verteidigte, und es gefiel ihm. Er verstand das Bedürfnis, andere zu beschützen und für ihre Sicherheit zu sorgen. Als Captain seines SEAL-Teams trug er die Verantwortung, wenn sie auf einer Mission waren. Vielleicht hatte er dann so etwas wie die Vaterrolle, die er mithilfe sorgfältiger Planung und umfassenden Trainings ausfüllte. Für Letzteres war in dieser Situation keine Zeit, aber er konnte Pläne machen.

Er betrachtete sie eine Weile. Mia legte wieder Wäsche zusammen, aber er hatte genug gesehen, um in ihr eine Kriegerin zu erkennen, die bereit für die Schlacht war. Damit konnte er arbeiten.

„Dann werden wir uns zusammen etwas ausdenken.“ Sobald die Mädchen ins Bett gingen, würde er eine Tabelle mit einem Tagesplan erstellen.

„Wie lange wird das alles dauern?“, fragte Mia.

Dachte sie, sie könnte nächste Woche oder in einem Monat ausziehen, sobald ihre Wohnung renoviert war? Er musste dieser Illusion ein Ende setzen. „Bis die Bedrohung neutralisiert ist.“

„Oh“, sagte sie. „Ich vermute … das ergibt Sinn.“

KAPITEL SECHS

enton hatte es nicht gefallen, dass die Zwillinge am nächsten Tag in die Kindertagesstätte gingen, aber er hatte keine bessere Option gesehen. Die Überprüfung der Einrichtung hatte ergeben, dass es dort ausgezeichnete Sicherheitsmaßnahmen gab und feste Richtlinien, wer die Kinder abholen durfte. Er hatte es für akzeptabel gehalten, da Mia arbeiten musste. Trotzdem war er zweimal an der Kindertagesstätte vorbeigefahren, als er Besorgungen gemacht hatte. Jedes Mal hatte er ein paar Minuten auf der anderen Straßenseite geparkt und die Umgebung beobachtet.

Er hatte nichts Beunruhigendes gesehen, aber während er an Projekten rund um das Haus arbeitete und die Kommunikation mit seinem Kommandanten aufrechterhielt, erwog er eine andere Option für die kommenden Tage. Wenn er die Zwillinge bei sich zu Hause behalten würde, könnte er für ihre Sicherheit garantieren. Er würde jederzeit wissen, wo sie waren und was sie taten. Es würde keine unbekannten Faktoren geben. Also recherchierte er, wie man sich um Kleinkinder kümmerte. Er hielt wenig von freiheitlicher Erziehung und konzentrierte sich auf eine traditionellere Version. Nach drei Stunden kam er zu dem Schluss, dass achtzehn Monate alte Kinder gar nicht so kompli-

ziert zu sein schienen. Mit Sicherheit nichts, mit dem er nicht zurecht-
kam, solange er sich gut darauf vorbereitete.

Nach dem Abendessen half er Mia mit dem Geschirr, während die
Zwillinge mit Keksen beschäftigt waren. Er hielt es für einen guten
Zeitpunkt, um sie über seinen Plan, auf die Kinder aufzupassen, zu
informieren. Je länger er an diesem Tag darüber nachgedacht hatte,
desto besser hatte er sich gefühlt. Seine Idee eliminierte einen Ort, an
dem die Kinder anfällig für Angriffe waren, und half ihr bei dem
Betreuungsproblem, das sie erwähnt hatte.

„Ich werde mich morgen um sie kümmern", verkündete er ohne
Einleitung.

„Hm? Was?" Mia, die über die Spülmaschine gebeugt gewesen war,
richtete sich schnell auf. „Sie wollen sich um die Mädchen kümmern?
Warum?"

„Haben Sie nicht gesagt, dass Sie sich morgen freinehmen müssen, weil
die Kindertagesstätte geschlossen ist?" Sie hatte es erwähnt, als sie
nach Hause gekommen war. Die Mitarbeiterinnen der Kindertagesstätte
mussten zu einer beruflichen Fortbildung, die Mia ganz vergessen
hatte. Sie musste wirklich damit anfangen, einen Kalender zu führen,
um solche Überraschungen zu vermeiden.

„Nun ja, aber ..." Sie sah zu Emma, die die Reste ihres Kekses
zwischen ihren Fingern zerdrückte.

„Ich werde auf sie aufpassen, damit Sie zur Arbeit gehen können",
sagte er. „Außerdem sind sie bei mir in Sicherheit."

„Haben Sie schon einmal auf Kinder aufgepasst?" Ihr Blick wanderte
zurück zu ihm.

„Ich habe den Babysitter für ein paar Rekruten gespielt. Zählt das?" Er
grinste sie an und sie verdrehte die Augen. „Nein, aber ich habe online
recherchiert und ein Buch darüber, wie man Kinder an Routinen

gewöhnt, heruntergeladen. Ich habe noch nicht alles gelesen, aber das meiste überflogen." Es war in Kapitel unterteilt, die verschiedenen Altersgruppen und Aktivitäten gewidmet waren, sodass die relevanten Passagen schnell durchgearbeitet werden konnten.

„Ein Buch." Sie zog das Wort in die Länge und ihr Tonfall war eher neckisch als herablassend. „Klingt so, als wären Sie bereit, die Mädchen in einer Woche in Form zu bringen und das Ende der Kleinkindphase einzuläuten." Sie stellte den letzten Teller in die Spülmaschine und drückte den Startknopf.

„Ihr Vertrauen in mich ist berauschend."

Sie presste die Lippen zu einer dünnen Linie zusammen, um nicht zu lachen. „Ich glaube, was Sie berauscht, ist *Ihr* Vertrauen in sich selbst."

„Kann sein." Kenton grinste unverzagt. „Ich habe einen Tagesplan in Tabellenform erstellt und ich werde zusätzlich ein paar Kurzanleitungen ausdrucken." Er plante, sie auf Karton auszudrucken und für besseren Zugriff im ganzen Haus zu platzieren. „Vielleicht möchten Sie sie auch verwenden."

Sie lehnte sich an die Theke. „Ihre Erkundungsmission scheint ein voller Erfolg gewesen zu sein. Ich freue mich schon darauf, Sie in Aktion zu sehen."

Er betrachtete sie. War sie zu leicht mit all seinen Vorschlägen einverstanden? Ihr Gesicht gab nichts preis. Was bedeutete, dass sie entweder aufrichtig war oder ein verdammt gutes Pokerface hatte.

„Okay", sagte er. „Ich bin morgen für die Kinder zuständig."

Am nächsten Tag sah Kenton auf die Uhr. Es war Vormittag und er hatte noch Zeit, Emma und Ava vor ihrem Nickerchen auf einen kurzen Spaziergang mitzunehmen. Er hatte am Kühlschrank den Zeitplan für Nickerchen, Snacks und Spiele gesehen, den die Kindertagesstätte bereitgestellt hatte, und beschlossen, ihn als Leitfaden zu verwenden, da die Mitarbeiterinnen dort Profis waren. Bisher war er mit dem Frühstück und der morgendlichen Spielzeit gut zurechtgekommen. Er hatte es sogar geschafft, die Mädchen ohne Zwischenfälle anzuziehen, Emma in Rot und Ava in Gelb. Er war sich ziemlich sicher, dass er zu diesem Zeitpunkt wusste, welcher Zwilling wer war, aber er wollte im Laufe des Tages nicht verwirrt werden.

Da er keinen Spielplatz zur Verfügung hatte, musste die geplante Zeit im Freien mit einem Spaziergang durch die Nachbarschaft gefüllt werden.

„Okay, Mädchen, Zeit, in den Kinderwagen zu steigen", sagte er und bemühte sich, begeistert zu klingen.

Ava sah von dort auf, wo sie und ihre Schwester mit Bauklötzen spielten, bewegte sich aber nicht. Emma ignorierte ihn völlig, als sie zwei bunte, große Klötze stapelte.

„Kinderwagenzeit", wiederholte er. „Wollt ihr nicht spazieren gehen?"

Warum stellte er Kleinkindern Fragen? Er hielt inne. Er war hier der Erwachsene und sie sollten tun, was er sagte. Er trat näher an sie heran. Ava stand auf und kam unsicher auf ihn zu, also hob er sie hoch.

„Lege die Bauklötze weg, Emma."

„Nein", sagte sie.

Kenton hatte dieses Wort schon oft von ihr gehört. Sie hatte zu einem Paar Socken, zu Müsli und sogar dazu, von der Küche ins Wohnzimmer zu gehen, Nein gesagt. Sie stellte ihn auf die Probe. Er hatte gelesen, dass manche Kleinkinder das taten. Er hatte nicht überreagiert und dadurch seine Ziele erreicht. Sie hatte Socken angezogen, wenn auch nicht diejenigen, die sie abgelehnt hatte. Sie hatte gefrühstückt, aber eine andere Sorte Müsli. Den Sieg für den Raumwechsel konnte er nicht für sich beanspruchen, weil Ava Emmas Hand genommen und ihren Zwilling ins Wohnzimmer geführt hatte.

„Ich will nicht", sagte Emma, ohne von ihrem Spielzeug aufzublicken.

„Das ist keine Option. Ava und ich gehen spazieren und du kommst mit." Er trat näher und sein Fußballen landete auf einem Bauklotz. „Verdammter ..." Kenton hielt den Rest des Satzes zurück. Er wollte auf einem Bein durch den Raum hüpfen, aber er hatte ein Kind im Arm und musste sich zusammenreißen.

Emmas Aufmerksamkeit war immer noch auf die Bauklötze gerichtet. Himmel, sie war stur und er wurde gereizt. Was hatte das Buch für Situationen wie diese empfohlen? Er dachte an das Kapitel über das Verhalten von Kleinkindern, aber er konnte sich nicht erinnern, was darin stand.

„Okay, du setzt dich zuerst in den Kinderwagen", sagte er entschlossen zu Ava. Er ging mit ihr in den Eingangsbereich und schnallte sie an. Bevor er zu Emma zurückkehrte, überprüfte er die Tasche mit Wasserflaschen und Snacks, die er zuvor in den Korb unter dem Kinderwagen gelegt hatte. Vorbereitung und Organisation waren bei kleinen Kindern der Schlüssel zum Erfolg. *Bei allem*, dachte er.

Als er sich umdrehte, um ins Wohnzimmer zurückzukehren, fühlte er kleine Hände an seinem Bein. Emma benutzte ihn als Leiter, um in den Kinderwagen zu klettern.

„Ich bin froh, dass du dich uns anschließen möchtest", sagte er, als er sie ebenfalls anschnallte. Er wollte damit prahlen, dass er in gewisser Weise gewonnen hatte, aber das wäre kindisch gewesen. Außerdem musste er zugeben, dass er keine Ahnung hatte, was er im Wohnzimmer getan hatte, um sie dazu zu bringen, sich zu fügen.

Bevor er die Haustür öffnete, nahm er sich kurz Zeit, um die Straße zu überprüfen. Nichts wirkte ungewöhnlich, also schob er den Kinderwagen nach draußen und folgte einer Route durch die Nachbarschaft, die er sorgfältig geplant hatte. Möglicherweise musste er sie kürzen, da es länger als erwartet gedauert hatte, die Mädchen in den Kinderwagen zu setzen.

Nachdem sie zehn Minuten spazieren gegangen waren, blieb er im Schatten einer Eiche stehen und griff nach den Wasserflaschen der Zwillinge. Es war ein kühler Tag, aber regelmäßige Flüssigkeitszufuhr war wichtig. Er reichte Emma eine Flasche, aber sie schlug sie ihm aus der Hand.

„Nein", sagte sie, als die Flasche über den Bürgersteig rollte. Ihr kleines Kinn ragte hervor und ließ ihn wissen, dass sie unzufrieden war.

„Meine", sagte Ava leise.

„Deine?" Kenton holte die Flasche mit den Regenbogenstreifen. „Sie gehört dir?"

Ava griff danach und schenkte ihm ein schüchternes Lächeln. Er strich mit einer Hand über ihre Haare. Die Kleine war ein Schatz. Emma hatte auch ihre guten Eigenschaften, aber die Zwillinge waren wie Tag und Nacht.

„Also nehme ich an, dass diese hier dir gehört." Er hielt Emma die Flasche mit den Sternen hin, die sie sofort nahm. „Ich wusste nicht, dass es so viele Regeln gibt", murmelte er vor sich hin. „Wie wäre es mit einem Snack?" Er griff nach zwei kleinen Tüten mit Crackern, die er in der Küche gefunden hatte.

„Die mag ich nicht", sagte Emma. Als er Ava ansah, schüttelte sie schweigend den Kopf.

Warum waren sie im Vorratsschrank gewesen, wenn keines der Mädchen sie essen wollte? Andererseits waren sie wahrscheinlich genau deshalb dort und nicht in dem Korb mit Snacks auf der Theke gewesen. Er stieß den Atem aus. Das hätte er sich gleich denken können.

„Lasst uns nach Hause gehen", sagte er halb zu sich selbst und schob wieder den Kinderwagen.

Als sie die Hälfte des Weges zurückgelegt hatten, summte in Avas Nähe eine Biene. Sie kreischte, schlug darauf ein und traf Emma mit ihrer Hand am Kopf. Zehn Sekunden später weinten beide und Kenton hatte keine Ahnung, warum. Die Biene war weggeflogen und Emma konnte nicht verletzt sein.

„Hey, es ist okay", sagte er und versuchte, sie zu beruhigen. „Nichts ist passiert." Aber beide weinten weiter und trotz seiner Bemühungen, das Problem zu erkennen, hörten sie nicht auf, bis sie kurz vor ihrer Rückkehr nach Hause einschliefen.

Wenn er sich seinem schönen Haus näherte, war er normalerweise stolz darauf. An diesem Tag war er einfach nur erleichtert. Es war ein herrlicher Herbsttag, aber er war frustriert über die Lage, in der er sich befand. Er sollte nicht auf Kinder aufpassen müssen, die nicht seine eigenen waren.

Es war ganz anders als der Plan, den er für sich erstellt hatte. Er sollte nach einer Frau suchen, mit der er sein Zuhause teilen konnte, und dann an eigene Kinder denken. Aber er konnte nichts davon tun, bis die Bedrohung gegen ihn, Mia und die Zwillinge beseitigt war.

Als er den Kinderwagen zur Veranda schob, bog Mias Auto in die Einfahrt ein. Sie war früh zurück. Viel zu früh. Er sah zu, wie sie aus dem Auto stieg. Ein Teil von ihm war besorgt, dass etwas passiert war, das sie nach Hause führte, bevor ihre Schicht endete, aber der andere Teil genoss es, sie zu sehen.

Sie war wunderschön. Seine Einschätzung hatte sich seit der Nacht, als er sie in seinem Haus vorgefunden hatte, nicht geändert. Sie war fürsorglich und nett, aber alles andere als schwach. Seine Gedanken kehrten zu den wenigen Minuten zurück, als er sie vor zwei Nächten festgehalten hatte. Es war nur eine Umarmung gewesen, aber er konnte immer noch ihren Körper an seinem spüren.

„Schlafen sie?", fragte sie leise, als sie über den mit Laub übersäten Rasen zu ihm ging.

„Sie sind gerade erst eingeschlafen. Ich werde sie in ihre Betten bringen. Warum sind Sie so früh zu Hause?"

„Ich bin um drei Uhr aufgestanden, habe eine Tasse Kaffee getrunken und bin dann sofort an die Arbeit gegangen, um früher fertig zu werden."

Hatte sie das absichtlich getan, damit sie früher nach Hause konnte, um zu überwachen, was er tat? Vertraute sie ihm nicht?

„Wie lange schlafen sie schon?", fragte sie und nahm vorsichtig die Wasserflasche aus Avas Hand.

„Fünf Minuten." Seine Antwort war knapper, als er beabsichtigt hatte.

„Sie sehen entspannt aus." Sie warf einen Blick an die Stelle, wo sie im Schatten saßen. „Wir sollten sie hierlassen. Das Wetter ist wundervoll und wir können auf der Veranda sitzen, während sie dösen." Sie deutete auf die Sitzschaukel auf der Veranda, die er am Vortag aufgehängt hatte.

„Nein. Ich möchte, dass sie immer in ihren Betten schlafen. Die Routine ist wichtig, auch wenn sie etwas früher als geplant eingeschlafen sind." Zwanzig Minuten waren nicht viel, aber er musste Anpassungen an ihrem Zeitplan vornehmen. „Ich werde sie nach oben tragen."

„Brauchen Sie Hilfe?", bot sie an.

„Nein, ich schaffe das." Er konnte einen Zwilling in jedem Arm tragen und den Kinderwagen holen, sobald sie sicher in ihren Betten lagen.

„Okay, dann gehe ich duschen.“ Sie lief an ihm vorbei zur Tür und er glaubte, ein Lächeln auf ihrem Gesicht zu sehen, aber es war sofort wieder verschwunden.

Eine Stunde später musste er zugeben, dass Mia recht gehabt hatte. Ava war aufgewacht, sobald er sie in ihr Bett gelegt hatte. Sie hätte vielleicht wieder einschlafen können, allerdings hatten ihre Bewegungen Emma geweckt – die bereit war, in ihrem Bett zu bleiben, aber einem Stoffhasen laut ein Lied vorsang. Ziemlich bald sangen und redeten beide Mädchen und jede Chance auf ein Nickerchen war verschwunden.

Nachdem er dieses Ziel aufgegeben hatte, machte er ihnen ihr Mittagessen. Es verlief ohne Zwischenfälle außer etwas Käse in Emmas Haaren. Dann ging er zum pädagogischen Teil des Tages über. Er hatte darüber gelesen, wie Lernen Spaß machen konnte, und wollte es versuchen. Aber dann wollten die Mädchen nicht die Bilder ausmalen, die er für sie ausgedruckt hatte. Stattdessen kritzelten die beiden Kreise und Quadrate auf die Seiten.

Die Zahlen- und Farbenlektion, die er mithilfe von Bauklötzen versuchte, verlief ähnlich. Keines der beiden Mädchen war länger als ein paar Minuten daran interessiert, die blauen Blöcke in Dreierhaufen oder die roten Blöcke in Viererhaufen anzuordnen. Und wenn eines bereit war mitzuspielen, rannte das andere weg. Er erwischte Ava gerade noch, bevor sie ihren kleinen Finger in eine Steckdose schieben konnte, und setzte in Gedanken Kindersicherungen auf seine Einkaufsliste.

In der Zwischenzeit entwickelte Emma eine Faszination für das Ein- und Ausschalten einer Lampe mithilfe des Schalters am Kabel.

Als die Zwillinge abends endlich im Bett lagen, ließ sich Kenton erschöpft auf die Couch fallen. Wie war es möglich, dass er SEAL-Missionen leiten konnte, bei denen er wenig schlief und sich ständig bewegte, ohne müde zu werden, aber zwei kleine Mädchen im Auge zu behalten ihn völlig erschöpfte?

Mia kam mit einem Bier in der Hand aus der Küche. „Hier. Das haben Sie sich verdient.“

„Danke“, sagte er und nahm es entgegen. Mia war den ganzen Nachmittag und frühen Abend in der Nähe geblieben, aber sie hatte ihm den Umgang mit den Mädchen überlassen. Er hätte fast um Hilfe gebeten, aber es gab keinen guten Grund, warum er es nicht allein schaffen konnte. Zumindest hatte er sich das eingeredet.

Mia setzte sich lächelnd neben ihn. „Verstehen Sie jetzt, warum ich sie anders erziehe? Der Versuch, einen starren Zeitplan einzuhalten, frustriert alle. Die Mädchen tun zu lassen, was für sie natürlich ist, ist besser für sie und für uns beide.“

„Die beiden halten Sie auch ganz schön auf Trab“, sagte er. Das hatte er mit eigenen Augen gesehen. Ständig wollten sie etwas.

„Vielleicht, aber ich kämpfe nicht gegen ihre Natur an.“

„Ich denke, sie können sich an Routinen gewöhnen, wenn ich sie ein paar Tage lang durchsetze.“ Er trank einen Schluck von seinem Bier.

Sie schüttelte den Kopf. „Das Verhalten von Kleinkindern ist nicht vorhersehbar. Sie spielen, wann sie wollen, und schlafen und essen, wann sie müssen. Es ist eigentlich ziemlich einfach.“

Für Kenton fühlte sich diese Methode so an, als würde er nachgeben, und darin war er noch nie gut gewesen. Das Buch, das er gelesen hatte, bestand darauf, dass ein diszipliniertes Kind ein gut organisierter und erfolgreicher Erwachsener wurde. Und war das nicht das Ziel der Kindererziehung?

„Ich werde es weiter versuchen“, sagte er und wusste, dass er stur klang.

„Ich bin morgen zu Hause", erwiderte sie, „also können Sie an anderen Dingen arbeiten."

„Nein, ich werde Ihnen mit den Kindern helfen." Es klang wie ein Befehl, was er nicht beabsichtigt hatte, aber es war ihm wichtig. Er hatte mehrere Projekte, die er während seines Urlaubs durchführen wollte, aber sie konnten warten.

„Nur, damit Sie beweisen können, dass Sie im Recht sind?" Ihre Augenbrauen hoben sich.

„Ich denke einfach, es ist das Richtige." Ihr amüsierter Gesichtsausdruck verschwand bei seinen Worten. Dachte sie, er kritisierte, wie sie die Kinder bisher großgezogen hatte? Er war kurz davor, sich zu entschuldigen, als sie aufstand.

„In Ordnung. Ich gehe jetzt ins Bett." Sie verließ den Raum, bevor er etwas sagen konnte.

Kenton hörte, wie sie die Treppe hinaufging. Bevor sie in das Gästezimmer ging, das sie nutzte, blieb sie vor dem Zimmer stehen, in dem sich die Zwillinge befanden, und die Tür öffnete und schloss sich leise. Nach einer Minute kam sie zurück und ging leise durch den Flur. Sie war gut mit den Kindern, aber er hatte den Eindruck, dass der Alltag besser und einfacher für sie sein könnte.

Er griff nach einer der Kurzanleitungen auf dem Couchtisch und las sie durch. Basierend auf dem, was er an diesem Tag gelernt hatte, musste er einige Änderungen daran vornehmen. Er zog einen Stift aus der Tasche und machte sich an die Arbeit.

KAPITEL SIEBEN

„Was ist das?", fragte Mia und spähte auf das Blatt Papier im DIN-A4-Format, das an der Kühlschranktür hing. Da sie heute freihatte, hatte sie lange geschlafen, was für sie ungewöhnlich, aber wahrscheinlich darauf zurückzuführen war, dass sie sich die halbe Nacht Sorgen über den gut aussehenden Fremden gemacht hatte, in dessen Haus sie wohnte und der sehr genaue Vorstellungen davon hatte, wie alles sein sollte. Sie war erschrocken aufgewacht und durch den Flur gerannt, nur um festzustellen, dass die Mädchen bereits wach waren und ihre Betten verlassen hatten. Nachdem sie sich einen Morgenmantel übergezogen hatte, war sie in die Küche gegangen, um nachzusehen, was los war.

„Der überarbeitete Zeitplan", sagte Kenton. Er wischte die Theken ab, während die Zwillinge aßen. Beide Mädchen schienen überraschend zufrieden zu sein. Sie wusste aus Erfahrung, dass dieser Zustand nie lange andauerte.

„Wirklich?", flüsterte sie, als ihr Gehirn die Details aufnahm. Jede Minute des Tages schien durchgeplant zu sein – nicht nur für die Mädchen. Auch für sie, Kenton und sogar Eliot. Was sollte dieser

Unsinn? Sie war bereit gewesen, bis zu einem gewissen Grad mitzuspielen, aber das war lächerlich. „Was ist, wenn ich um ein Uhr keine
Toilettenpause brauche?"

„Ich dachte, Sie würden nach dem Mittagessen eine haben wollen",
sagte er mit einem besorgten Gesichtsausdruck.

„Aha." Mia ging den Zeitplan bis zum Schlafengehen durch. Zumindest
der Teil des Abends, der noch übrig war, nachdem die Mädchen im Bett
waren, blieb frei, bis auf Eliots letzten Spaziergang des Tages. Mia war
versucht, etwas einzutragen. Etwas Verruchtes. Küsse auf dem Sofa
oder Wein im Mondlicht auf der Veranda. Was würde Mr. Die-Regeln-
müssen-eingehalten-werden dann tun?

Sie hatte seine Umarmung neulich genossen, auch wenn sie ihn mit
ihrer Bitte schockiert hatte. Nach kurzem Zögern hatte er sie in seine
Arme genommen und sie hatte sich darin sicherer gefühlt als seit
Monaten. Das war ein seltsamer Gedanke, da sie sich normalerweise
nie unsicher fühlte – nicht einmal nach dem Tod ihrer Schwester, als sie
plötzlich Mutter geworden war, oder nach dem Wohnungsbrand.

Aber sie würde die Freiheit, selbst über ihren Tagesablauf zu bestimmen, nicht gegen Sicherheit eintauschen.

„Vielleicht sollten wir klein anfangen", schlug sie vor. „Wir könnten
zum Beispiel vorerst nur bei Nickerchen den Zeitplan der Kindertagesstätte anwenden."

„Das reicht nicht", sagte er. „Wir brauchen Routine bei allem, was wir
tun."

„Einschließlich Eliot." Sie zeigte auf die drei Eintragungen am Tag, die
anzeigten, wann sie mit ihm Gassi gehen sollten.

„Ja, er muss nach dem Zeitplan nach draußen gelassen werden."

„Warum? Er mag ein wenig unerzogen sein", sagte sie und ignorierte
den Seitenblick, den er ihr zuwarf, „aber er hatte noch nie einen Unfall

im Haus. Und ich lasse ihn morgens, nachmittags und abends nach draußen, nur nicht jeden Tag zur gleichen Zeit. Ich verstehe nicht, warum das wichtig ist."

„Das ist es aber", beharrte Kenton. „So mag ich es einfach."

Mia hielt die Erwiderung, die ihr auf der Zunge lag, zurück und erinnerte sich daran, dass sie und ihre Nichten Gäste in seinem Haus waren. Seine Mutter war großzügig zu ihr gewesen und er hatte sie nicht auf die Straße gesetzt, als er von seinem Einsatz zurückgekommen war. Jetzt saß sie hier wegen etwas fest, mit dem sie nichts zu tun hatte und das sie nicht kontrollieren konnte. Obdachlos in Gefahr zu sein, war keine schöne Aussicht und sie war nicht in der Position, mit ihm zu streiten.

„Also gut. Wir werden heute Ihren Zeitplan einhalten", räumte sie ein, „und morgen können die beiden wieder in die Kindertagesstätte gehen …"

„Nein, das werden sie nicht", sagte er, bevor sie überhaupt zu Ende gesprochen hatte.

„Aber das ist ihre Routine und ich dachte, Routine sei von entscheidender Bedeutung", argumentierte sie. Die Mädchen gehörten ihr und seine Vorschriften über ihre Erziehung gingen ihr auf die Nerven. Am Anfang hatte sie sein Bedürfnis, alles zu planen, und seinen Kontrollzwang amüsant gefunden. Aber jetzt? Sie konnte eine kleine Pause davon gebrauchen, alleinerziehend zu sein, aber sie würde ihm ganz bestimmt nicht die totale Kontrolle geben.

„Hier bei mir ist es sicherer für sie." Er stellte das Reinigungsmittel, mit denen er die Theken gesäubert hatte, in einen der oberen Schränke zurück.

„Die Kindertagesstätte hat eine ausgezeichnete Sicherheitsbewertung … oh, das haben Sie nicht gemeint", sagte sie und ihr Ärger ließ etwas nach. Er meinte die Gefahr, die wie eine dunkle Wolke bedrohlich über ihnen schwebte. „Wäre es nicht besser, wenn sie nicht im Haus wären?"

Er verschränkte die Arme vor der Brust und stand so breitbeinig da wie ein Krieger, der bereit war, in die Schlacht zu ziehen. „Ich kann nur für ihre Sicherheit garantieren, wenn ich bei ihnen bin. Ich wünschte, Sie würden eine Weile nicht arbeiten, aber Sie denken wahrscheinlich nicht daran, aufzuhören."

„Natürlich nicht", sagte sie. Sie würde in der Bäckerei nicht kündigen, selbst wenn sie finanziell dazu in der Lage wäre. Die Arbeit und die Menschen dort gefielen ihr besser als jeder andere Job, den sie je gehabt hatte.

„Das habe ich mir gedacht", sagte er, „aber Sie müssen erlauben, dass ich mich so gut wie möglich um die Mädchen kümmere."

Sie seufzte. Ihm lag eindeutig ihr Wohlergehen am Herzen und sie wollte nicht störrisch sein, aber alles war so verdammt durcheinander. Die Situation war, gelinde gesagt, kompliziert. Aber sie würde nicht ewig andauern. Ihre Wohnung würde bald bezugsfertig sein und ihr Leben würde wieder ihr gehören, vorausgesetzt, die Bedrohung wurde beseitigt.

„Sind Sie sicher, dass Sie das schaffen?", fragte sie. Sie wollte ihn nicht beleidigen, aber er hatte es am Vortag schwer gehabt. Trotzdem hatte sie nie das Gefühl gehabt, zum Schutz der Mädchen eingreifen zu müssen. Sie war kurz davor gewesen, als Emma plötzlich eine Faszination für die Steckdosen entwickelt hatte, aber Kenton hatte sich darum gekümmert. Er war fürsorglich, kompetent und ein hochdekorierter Offizier. Das musste etwas bedeuten.

„Ich habe es gestern auch irgendwie geschafft", sagte er und klang zuversichtlich. „Heute wird es besser."

Sie nickte zustimmend, da ihr kein glaubwürdiger Einwand einfiel. Den Mädchen würde es gut gehen und Kenton würde herausfinden, dass

Zeitmanagement bei Kleinkindern sinnlos war. Niemand würde verletzt werden.

Früh am nächsten Morgen musste Mia zugeben, dass Kentons Angebot, auf die Mädchen aufzupassen, es einfacher machte, pünktlich zur Arbeit zu kommen. Sie hatte es nie genossen, ihre Nichten in den Morgenstunden zum Auto zu tragen und sie in der Kindertagesstätte abzusetzen, noch bevor sie Kaffee getrunken hatte. Der direkte Weg zur Bäckerei sparte ihr Zeit und Ärger, sodass sie sich nicht beschweren konnte. Und nachdem sie Kenton am Vortag mit den Zwillingen beobachtet hatte, war sie sich sicher, dass alles gut werden würde. Er hatte ein paar Schwierigkeiten gehabt, hauptsächlich Machtkämpfe mit Emma, aber er hatte sich durchgesetzt.

Und er war einfallsreich. Noch am Vormittag hatte ein Mann, den er als Anderson vorgestellt hatte, diverse Hilfsmittel zur Kindersicherung, darunter Steckdosenabdeckungen und Riegel für die Schranktüren, vorbeigebracht. Mia hatte mit den Mädchen gespielt, während Kenton mit seinem Freund auf der Veranda geredet hatte. Die Gesprächsfetzen, die sie gehört hatte, deuteten darauf hin, dass Anderson ein SEAL-Kamerad war und über die Bedrohung gegen sie Bescheid wusste. Als Kenton wieder ins Haus gekommen war, war er sofort an die Arbeit gegangen, um alles zu installieren.

Mia trank ihre dritte Tasse Kaffee an diesem Morgen und sah sich an, was sie geleistet hatte. Zusätzlich zu den üblichen Angeboten der Bäckerei hatte sie Zimtbrote, Blaubeerkuchen und Petits Fours mit rosa Zuckerguss hergestellt. Als sie den Job angenommen hatte, hatte sie sich Sorgen gemacht, dass sie sich langweilen würde. Sie hatte immer vorn an der Theke gearbeitet, mit Kunden gesprochen und sie bedient. Sie hatte sogar das Gefühl, dass es ihr besonderes Talent war, da sie gut darin war, Gespräche zu führen und Gäste willkommen zu heißen.

Die Monate, in denen sie in der Backstube gearbeitet hatte, hatte sie auf andere Weise als lohnend empfunden. Ein Großteil der Arbeit wiederholte sich. Schließlich machte sie jeden Tag nach demselben Rezept Donuts. Manchmal hatte sie diese Vertrautheit jedoch genossen, da ihr Leben in anderer Hinsicht chaotisch gewesen war. Nach dem Tod ihrer Schwester, als die Zwillinge ihre Kinder geworden waren, hatte sie die Beständigkeit und Ruhe der Backstube gebraucht.

Aber es gab auch kreative Momente, in denen sie etwas Neues ausprobieren konnte. Wie heute. Sie lächelte vor sich hin, als sie ihre Hände mit Mehl bestäubte, bevor sie den Teig knetete.

„Du bist heute in Topform", sagte Shasta und kam durch die Schwingtür. „Dein Blaubeerkuchen ist ein voller Erfolg. Es ist nur noch einer übrig."

„Wirklich?" Sie hatte zwei Dutzend gemacht.

„Ja, wirklich. Ich muss gehen." Bei dem Klingeln der Glocke über der Tür verließ Shasta wieder die Backstube.

Mia war mit dem Kneten des Teigs fertig und überprüfte die Kekse im Ofen. Gerade wurden sie an den Rändern knusprig. In zwei Minuten würden sie fertig sein.

„Hi." Margaret Fitzpatrick steckte den Kopf durch die Hintertür. „Irgendetwas riecht hier göttlich. Normalerweise kann ich widerstehen, aber …" Margarets Modeboutique war nebenan und es war nicht ungewöhnlich, dass die ältere Frau in der Backstube vorbeikam.

„Kommen Sie, setzen Sie sich." Mia deutete auf einen Hocker unter der Theke. „Die Kekse sind fast fertig."

„Wie geht es meinem Sohn?", fragte Margaret, als Mia ihr einen noch warmen Keks auf einem Teller reichte.

„Gut." Er war attraktiv und ungebunden und verwirrte sie auf mehr als eine Weise. „Er passt für mich auf die Mädchen auf."

„Wirklich?" Margarets Augen weiteten sich.

Plötzlich kam Mia der Gedanke, dass Kenton vielleicht nicht wollte, dass seine Mutter von der Bedrohung gegen sie erfuhr. „Es gab ein Problem mit der Kindertagesstätte, also springt er heute ein."

„Das wird ihm guttun", sagte Margaret und biss in ihren Keks. „Es hält ihn beschäftigt und von Ärger fern. Wie geht es den Mädchen?"

„Sehr gut. Emma ist immer noch kaum zu bändigen. Ich frage mich, ob ihr Verhalten mit dem Tod ihrer Eltern zusammenhängt. Sie scheint immer mehr aus sich herauszugehen, während Ava sich zurückzieht."

„Wie waren ihre Persönlichkeiten vorher?", fragte Margaret, als sie ihren Keks aufgegessen hatte.

„Emma war schon immer die Anführerin der beiden." Sie war die Erstgeborene und definitiv dominant. „Ich denke, diese Eigenschaften kommen gerade verstärkt zum Vorschein." Sie hatte Artikel darüber gelesen, wie man Kleinkindern dabei helfen konnte, zu trauern, und versuchte, die Ratschläge zu befolgen.

„Geben Sie ihnen Zeit und viel Liebe", schlug Margaret vor. „Sie mussten so viele Veränderungen durchmachen."

„Das versuche ich", sagte Mia, die Margarets weise Worte wertschätzte. Sie wusste eindeutig etwas darüber, wie man erfolgreich Kinder erzog.

„Diese Kekse sind köstlich." Margaret aß die letzten Krümel auf ihrem Teller.

„Ich habe ein neues Rezept ausprobiert." Es war das gleiche Grundrezept, das Mia einige Tage zuvor zu Hause getestet hatte, aber sie hatte einige subtile Anpassungen vorgenommen und war mit dem Ergebnis zufrieden.

„Es ist großartig." Margaret stand auf und schob den Hocker unter die Theke zurück. „Würden Sie ein paar davon für mich zurücklegen, damit ich sie meinem Mann nach Hause mitbringen kann?"

„Natürlich." Mia hatte Kentons Vater noch nie getroffen. Hatte er die gleichen breiten Schultern und das gleiche markante Kinn wie sein Sohn? Wie war seine Persönlichkeit? Mia erkannte einige von Kentons Eigenschaften in seiner Mutter wieder. Auch sie war organisiert und engagiert – aber gleichzeitig herzlich und freundlich. Kenton zeigte die ersten beiden Züge deutlich und da er sie nicht aus seinem Haus geworfen hatte, musste er mehr von seiner Mutter in sich haben, als Mia ursprünglich gedacht hatte.

Er war gut zu ihr. Er war immer freundlich zu ihr und den Mädchen. Sie hatten nur unterschiedliche Herangehensweisen an das Leben.

Nachdem Margaret mit dem Versprechen aus der Hintertür gegangen war, später wiederzukommen und die Kekse abzuholen, war Mia für diesen Tag mit dem Backen fertig und putzte die Backstube. Sie maß gerade die Zutaten für die erste Teigportion des nächsten Tages ab, als Shasta hereinkam.

„Ich habe den Laden zehn Minuten früher geschlossen. Die Auslage ist leer und ich bin völlig erledigt", verkündete sie mit einem dramatischen Seufzer.

„Vielleicht brauchst du da draußen Hilfe." Mia griff nach der nächsten Zutat.

Die ältere Frau lächelte. „Ich beschwere mich zwar gern, aber ich liebe jede Minute." Mia lachte, weil sie das über ihre Kollegin wusste. „Ich liebe es, wenn es etwas hektisch ist. Dann fühle ich mich lebendig."

Mia konnte das verstehen. Vielleicht widersetzte sie sich deshalb so hartnäckig der Idee, einen Zeitplan zu nutzen. „Gut, dass du nicht dort wohnst, wo ich wohne. Kenton hat eine Routine etabliert, die so starr ist, dass sie sogar Toilettenpausen umfasst."

„Meine Güte." Shasta kniff die Augen zusammen. „Der Junge war immer überorganisiert und vielleicht ein bisschen steif im Umgang mit anderen Menschen. Das war schon so, als er klein war und ich auf ihn aufgepasst habe."

Mia verschloss einen Mehlbehälter mit einem Plastikdeckel. „Ich würde nicht sagen, dass er steif ist. Er versucht, den Mädchen zu helfen, und das weiß ich zu schätzen. Ich denke, es ist einfach seine Art, die Kontrolle haben zu wollen und alles zu bestimmen."

„Wie funktioniert das bei Kleinkindern?" Shasta nahm den Putzeimer mit dem Mopp aus dem Hauswirtschaftsraum und rollte ihn zu der Tür zum Verkaufsbereich.

„Es gibt eine Lernkurve", gab Mia grinsend zu und erinnerte sich daran, wie Emma sich am Vorabend geweigert hatte, ihre Erbsen zu essen. Mia hätte es ihr entweder durchgehen lassen oder das Mädchen dazu gebracht, zumindest eine zu probieren, aber Kenton hatte geduldig darauf bestanden, bis Emma nachgegeben, die Erbsen gegessen und sogar verkündet hatte, dass sie sie mochte. „Aber er wird immer besser."

„Gut für ihn", sagte Shasta und verließ die Backstube. Mia dachte über ihren Mitbewohner nach.

Er war anders als jeder andere, den sie jemals gekannt hatte – und sicherlich anders als jeder Mann, mit dem sie je zusammen gewesen war. Diese Männer waren immer locker gewesen und hatten sich selbst nicht ernst genommen. Sie hatte viel Spaß mit ihnen gehabt und das war alles gewesen, wonach sie gesucht hatte.

Kenton war eine ganz andere Art von Mann. Und er hatte etwas Anziehendes an sich, das sie nicht erwartet hatte. Es war nicht nur sein umwerfendes Aussehen und sein zweifellos fantastischer Körper. Es war sein Bedürfnis, alles perfekt zu machen, obwohl nichts jemals perfekt sein konnte, das sie liebenswert fand.

KAPITEL ACHT

„Platz, Eliot!", befahl Kenton, als Mia nach der Arbeit durch die Tür kam und der aufgeregte Hund sich auf sie stürzte. Kenton war daran gewöhnt, dass andere Menschen und sogar Hunde gehorchten, wenn er einen Befehl erteilte, aber Eliot legte seine Pfoten auf Mias Schultern und versuchte, ihr Gesicht abzulecken.

„Ich freue mich auch, dich zu sehen", sagte Mia zu dem Hund, nahm seine Vorderpfoten von ihrer Bluse und stellte ihn wieder auf den Boden. Sie ließ sich neben Eliot auf ein Knie fallen und kraulte seine Ohren, bis sich der Hund seufzend auf den Rücken rollte.

„Er muss richtig erzogen werden", sagte Kenton. „Er kann nicht einfach so an Menschen hochspringen."

„Es ist nichts passiert und er springt die Mädchen nicht an. Er hat ihnen gegenüber einen ausgeprägten Beschützerinstinkt."

„Ich schätze, das erklärt seine Reaktion auf den Paketboten heute. Die Mädchen haben auf der Veranda gespielt und ich dachte, Eliot würde schlafen. Das tat er aber nicht. Der arme Paketbote hatte erst einen Fuß auf der Treppe, als Eliot sich auf ihn gestürzt hat. Ich hätte nicht gedacht, dass sich dieser Hund so schnell bewegen kann."

„Ist er gestürzt?" Mias Gesicht war besorgt.

„Flach auf den Rücken. Ich habe ihm geholfen und es schien ihm gut zu gehen. Er hat gesagt, dass er ins System eintragen wird, dass hier ein gefährlicher Hund lebt, damit anderen Paketboten nicht das Gleiche passiert." Kenton fühlte sich unwohl bei der Erinnerung daran.

„Du bekommst einen schlechten Ruf", sagte Mia zu Eliot. „Ich denke, eine Grundausbildung könnte dir nicht schaden. Vielleicht ist die Hundeschule gar keine schlechte Idee."

Kenton überlegte, ob er anbieten sollte, das Tier selbst auszubilden. Er hatte beim Militär mit Hundeeinheiten gearbeitet und der Job lag ihm. Er dachte sogar daran, sich eine neue Karriere als Hundetrainer für die Polizei oder das Militär aufzubauen, wenn er die SEALs verließ. Eliot könnte ein gutes Testobjekt sein. Wenn Kenton das widerspenstige Tier unter Kontrolle bekam, könnte er jeden Hund trainieren. Aber er zögerte, Mias Leben noch mehr mit seinem zu verbinden, als es bereits der Fall war. Sie waren aus Notwendigkeit zusammen, nicht freiwillig – und er wusste nicht, wie es bei ihr war, aber er hatte andere Pläne für sich.

Mia stand auf und legte den Kopf schief. „Wo sind die Mädchen?"

„Sie schlafen in ihren Betten." Darauf war er stolz. Die Zwillinge wehrten sich nachts nicht dagegen, in ihren Betten zu schlafen, aber tagsüber war es anders. Er hatte sie noch wach hingelegt und nachdem sie zehn Minuten miteinander geplaudert hatten, waren sie eingeschlafen.

„Zu der vorgesehenen Zeit?", fragte sie und er sah ein erfreutes Funkeln in ihren Augen.

Bevor er antworten konnte, schlang sie ihre Arme um seinen Hals und drückte ihren Körper an seinen, während sie aufgeregt auf und ab hüpfte. Er legte seine Hände auf ihre Taille, um sie zu stützen, aber die Reibung ließ seine Gedanken an Orte wandern, wo sie nicht sein sollten. Er hatte versucht, ihre vollen Brüste nicht zu bemerken, und sich bemüht, seine Augen auf ihr Gesicht zu richten, wenn sie miteinander sprachen. Aber als sie sich jetzt an ihn presste, konnte er ihre üppigen Kurven nicht mehr ignorieren. Wie wäre es wohl …

Er ließ sie widerwillig los. „Ich bin froh, dass Sie glücklich darüber sind.“

„Das bin ich wirklich. Wie war der Rest des Tages?“ Sie umarmte ihn nicht mehr, aber sie war ihm so nah, dass er die Sommersprossen auf ihrer Nase und ihren Wangen sehen konnte. Und ihr Duft war berauschend. Er hatte bemerkt, dass sie ein blumiges Parfüm trug, aber nach einem Tag in der Bäckerei roch sie nach Zucker und Gewürzen.

„Nicht schlecht“, sagte er. Der Tag war ziemlich reibungslos verlaufen. Die Mädchen hatten nach dem Zeitplan gespielt und so, wie er es wollte, Zahlen und Farben gelernt. Er hatte die Spielzeit draußen nach Eliots Zusammenprall mit dem Paketboten kürzen müssen, aber er musste zugeben, dass er sich über Mias Interesse an seinen Erfolgen freute. Sie hatte nicht viel von seinem Versuch gehalten, den Tag durchzuplanen, aber sie war bereit, es ihn versuchen zu lassen. „Der Vormittagssnack war ein Problem. Können Sie mir eine Liste der Dinge geben, die die beiden mögen?“

Mia lächelte ihn an und sein Herz setzte einen Schlag aus. „Das kann ich tun, aber es ändert sich ohne Vorwarnung. Ich habe die Erfahrung gemacht, dass es am besten ist, ihnen drei Optionen anzubieten. Dann kann sich jede von ihnen einen Snack aussuchen.“

„Okay, das ergibt Sinn“, sagte er und merkte sich diese Informationen. „Wie war Ihr Tag?“

„Stressig, aber gut. Ich habe Ihre Mutter getroffen.“ Mia nahm ihre Umhängetasche ab und hängte sie an einen Haken in der Nähe der Haustür. „Sie hat ein paar Kekse für Ihren Vater nach Hause mitgenommen.“

„Das wird ihm gefallen.“ Kenton lachte. „Er isst gern Süßigkeiten.“ Sein Vater war groß und schlank, aber er liebte Süßigkeiten und Kekse aller Art. Kenton tat es auch, aber er gab seinen Gelüsten nicht oft nach.

„Ich sollte duschen, während die Mädchen schlafen“, sagte Mia. „Es ist ein seltenes Vergnügen.“

Er wollte Einwände erheben, da er den Gedanken hasste, dass der würzige Duft von ihrer Haut verschwand, aber sie hatte Mehl auf ihrer Bluse und war wahrscheinlich froh, ein paar Minuten für sich zu haben.

„Ja“, stimmte er ihr zu. „Und ich sollte mich bei meinem Kommandanten und meinem Team melden, solange ich die Chance dazu habe.“

Ihr Gesicht wurde ernst und ihre Schultern versteiften sich. Sofort bereute er, sie an die Gefahr erinnert zu haben, in der sie sich befanden. Sie sollte sich mit nichts davon befassen müssen. Es war einfach Pech für sie, dass sie in seinem Haus war und mit ihm in Verbindung gebracht wurde. Anscheinend hatte sie in letzter Zeit eine Pechsträhne gehabt.

„Hat sich irgendetwas geändert?“, fragte sie.

„Nicht, dass ich wüsste“, sagte er, „aber vielleicht gibt es Neuigkeiten für uns.“ Er griff nach ihr und berührte ihren Arm, aber er widerstand der Versuchung, sie erneut zu umarmen. „Ich tue alles, um Sie und die Mädchen zu beschützen. Ich hoffe, dass Sie mir das glauben.“

„Das tue ich.“ Ihr Lächeln war jetzt zaghaft. „Und ich weiß es zu schätzen. Ich bin froh darüber, Sie an meiner Seite zu haben.“ Sie ging an ihm vorbei die Treppe hinauf und er wünschte, er hätte etwas tun können, um sie zu beruhigen. Wenn er wüsste, woher die Bedrohung kam, könnte er effektiver reagieren.

Es war die Unwissenheit, die ihn belastete. *Vielleicht bekomme ich heute endlich Antworten*, dachte er, als er in sein Arbeitszimmer ging. Er überprüfte seine E-Mails und sah eine Einladung seines Kommandanten zu einem Videoanruf in zehn Minuten. Er ging sofort online und stellte fest, dass Anderson und Patrick bereits da waren.

„Hey, Mann, freut mich, dich zu sehen", sagte Anderson. „Hast du die Kindersicherungen montiert?"

„Ja, es hat nicht lange gedauert." Er hatte den Auftrag innerhalb einer Stunde erledigt. Die Mädchen waren nur Gäste in seinem Haus, aber sie hatten es verdient, in Sicherheit zu sein. Und eines Tages würden seine eigenen Kinder dort leben, also konnte er sich genauso gut jetzt darum kümmern.

„Musstest du dein perfektes Haus kindersicher machen?", fragte Patrick grinsend.

„Versuchen alle Kinder, ihre Finger in Steckdosen zu rammen?" Kenton vermied es, die Frage zu beantworten, indem er ebenfalls eine stellte.

„Ich denke schon", sagte Anderson. „Deshalb gibt es Abdeckungen zu kaufen."

„Okay, das ergibt Sinn", antwortete Kenton.

„Wie geht es dir damit, plötzlich eine Familie zu haben?", fragte Patrick. Er war schon länger Vater als Anderson und hatte eine Tochter in der dritten Klasse, also sah er die Dinge aus einem anderen Blickwinkel.

„So ist es nicht", sagte Kenton schnell. „Sie sind nicht meine Familie. Aber ich habe gelernt, dass Kinder einen rund um die Uhr brauchen. Ich bin bei meinen Heimwerkerprojekten und den anderen Dingen, die ich mir für den Urlaub vorgenommen hatte, im Rückstand." Früher am Tag hatte er die Mädchen auf die Veranda mitgenommen und gedacht, dass er einige Bretter ersetzen könnte, während sie spielten. Er hatte es geschafft, zwei morsche Holzlatten zu entfernen, mehr nicht.

„Kinder bringen jeden Zeitplan, den man aufstellt, durcheinander", sagte Anderson. Die Entdeckung, dass er ein Kind hatte, hatte vor einem Jahr sein Leben komplett verändert. Jetzt war er verheiratet und würde bald zum zweiten Mal Vater werden.

Kenton überlegte, seinen Freunden von den Routinen zu erzählen, die er zu etablieren versuchte, aber er hielt sich zurück. Er würde abwarten, bis er damit Erfolg hatte, bevor er etwas sagte. Heute hatte er einige Triumphe gehabt, aber er war noch nicht bereit, den Sieg zu verkünden.

„Gibt es eine Chance, dass wir Mia und die Zwillinge treffen?", fragte Patrick. „Wir würden sie gern kennenlernen."

Wollte Kenton seine Freunde und deren Familien seinen vorübergehenden Hausgästen vorstellen? Er war sich nicht sicher. Sie waren nicht seine Familie, auch wenn er auf sie aufpasste. Aber als Mia vor ein paar Minuten durch seine Haustür gekommen war, hatte es sich einen Moment lang so angefühlt, als würde sie hierhergehören. Und so sehr er sich auch über den ungestümen Hund beschwert hatte, war er verdammt froh darüber gewesen, dass Eliot den Paketboten erschrecken konnte. Mit dem Wissen, dass das Tier die Kinder beschützen würde, fühlte Kenton sich besser.

„Vielleicht", sagte er und wurde von einer Entscheidung verschont, als Colonel Schaffer und zwei weitere Offiziere sich dem Videoanruf anschlossen. Nach einer kurzen Begrüßung machten sie sich an die Arbeit.

„Wir sind immer noch mit den Nachforschungen beschäftigt", erklärte Colonel Schaffer, „aber im Moment gehen wir davon aus, dass die Bedrohung von einem Drogenkartell, das etwa fünfzig Meilen westlich von Ihnen aktiv ist, ausgeht. Als Sie letztes Jahr auf der Südamerika-Mission seine Lieferroute unterbrochen haben, ist das Syndikat so gut wie verschwunden. Jetzt haben wir glaubwürdige Informationen darüber, dass es wieder im Geschäft ist."

Kenton dachte an jene Mission zurück. Sie hatten Wochen damit verbracht, durch den Dschungel zu kriechen und Daten zu sammeln, bis sie bereit gewesen waren, das zentrale Kommando des Drogenkartells anzugreifen. Damals hatte sein Team gedacht, sie hätten der Hydra den Kopf abgeschlagen, aber vielleicht doch nicht.

„Seit wann greifen Kartellmitglieder SEALs persönlich an?", fragte Anderson. Es passierte, aber es war sicher nicht üblich.

„Wir gehen davon aus, dass sie versuchen, ihr Territorium zu sichern. Fitzpatrick war der Anführer der Mission. Wenn sie herausfänden, dass er in ihrer Nachbarschaft wohnt, würden sie wahrscheinlich zuschlagen, wenn auch nur zur Einschüchterung. Wir lassen sie von der Polizei und dem Drogendezernat beobachten."

„Entschuldigung, Sir, aber der vereitelte Angriff auf Fitzpatricks Gäste scheint für ein Drogenkartell untypisch zu sein." Anderson, der Analyst der Gruppe, war immer bereit, Hypothesen zu hinterfragen. „Diese Kerle greifen ihre Feinde normalerweise direkt an. Sie kümmern sich nicht um Kinder."

„Was meinen Sie?", fragte Colonel Schaffer.

„Unsere letzte Mission war nicht so erfolgreich, wie sie hätte sein sollen. Der Anführer des Kinderhändlerrings ist uns entkommen. Er ist immer noch auf freiem Fuß. Ein Angriff auf die Zwillingsmädchen, die in Fitzpatricks Haus leben, scheint eher sein Stil zu sein. Die Familien, insbesondere die Kinder, derjenigen zu verletzen, die ihm in die Quere kommen, ist sozusagen sein Markenzeichen."

„Wir haben daran gedacht, aber unsere Informanten in Nordafrika glauben, dass sie seinen genauen Standort kennen. Wir haben ein Team auf ihn angesetzt, also hat er andere Probleme. Außerdem hat er viele Feinde. Fitzpatrick würde ganz unten auf seiner Vergeltungsliste stehen.“

„Die Daten über ihn zeigen, dass er ein boshafter Bastard ist, wenn Sie meine Ausdrucksweise verzeihen“, beharrte Anderson. „Ich würde es ihm zutrauen.“

„Wir werden das überprüfen“, sagte der Colonel. „In der Zwischenzeit …“

Kenton hörte zu, als sein Kommandant Patrick, Anderson und den beiden anderen Offizieren Aufgaben zuwies.

„Was ist meine Aufgabe, Sir?“, fragte Kenton. Sein Kommandant konnte nicht von ihm erwarten, dass er tatenlos herumsaß.

„Schützen Sie sich und die Menschen in Ihrem Haus. Ich möchte nicht, dass irgendetwas Sie davon ablenkt. Wegen unserer Missionen dürfen keine Zivilisten sterben. Ist das klar?“

„Ja, Sir“, sagte Kenton, da er keine andere Wahl hatte, als zuzustimmen. Es gefiel ihm aber nicht, dass er nicht stärker involviert war.

„Wenn Sie etwas Außergewöhnliches bemerken, wenden Sie sich sofort an das Team. Wir zählen darauf, dass Sie verteidigen, was Ihnen gehört.“

Er wollte argumentieren, dass Mia und die Mädchen ihm nicht gehörten. Er hatte keine Bindung zu ihnen … aber er fühlte sich ihnen verpflichtet. In seiner Obhut durfte ihnen nichts passieren. Sie hatten schon genug traumatische Erfahrungen in ihrem Leben gemacht, ohne dass er und seine Probleme auch noch hinzukamen.

„Wir werden uns in achtundvierzig Stunden wieder unterhalten, es sei denn, jemand hat früher etwas zu berichten.“ Damit endete der Videoanruf.

Kenton legte den Kugelschreiber weg, den er während des Gesprächs festgehalten hatte. Er hatte sich keine Notizen gemacht, aber er hatte mehrmals darauf geklickt, fast ohne es zu merken. Es war eine seiner wenigen nervösen Angewohnheiten. Sie war harmlos, auch wenn sie andere nervte.

Er ließ sich das Gespräch noch einmal durch den Kopf gehen, insbesondere Andersons Einwände gegen die Idee, dass ein Drogenkartell hinter dem Angriff steckte. Während er nachdachte, räumte er seinen Schreibtisch auf und rückte den Notizblock und den Behälter mit den Büroklammern sorgfältig zurecht. Sein Arbeitszimmer war ordentlich, aber in seinen Gedanken herrschte Chaos.

Herumzusitzen würde ihn nicht weiterbringen. Als er aufstand, hörte er einen der Zwillinge weinen. Die Pflicht rief. Es war eine andere Art von Pflicht, aber er nahm sie trotzdem sehr ernst.

KAPITEL NEUN

Kenton gefiel die Anspannung in der Luft nicht. Schon den ganzen Tag waren dunkle Wolken am Himmel und der Wind war immer stärker geworden. Vielleicht hatte die Wetteränderung die Zwillinge so launisch gemacht. Alle Fortschritte, die er am Vortag gemacht hatte, waren verschwunden. Selbst Ava, die normalerweise brav war, wollte bei grundlegenden Dingen wie dem Anziehen ihrer Schuhe nicht kooperieren, als sie Eliot in den Garten brachten. Kenton gab schließlich auf und ließ die Mädchen barfuß auf der Veranda herumlaufen, während er einen Ball warf, dem Eliot hinterherjagen sollte. Anscheinend wusste der Hund genau, wie man das machte. Auch beim Stöckchen holen war er unschlagbar.

Der Mittagsschlaf war der einzige Teil des Tages, der gut verlief. Die Kinder schliefen tief und fest, als Mia von der Arbeit nach Hause kam, sodass die beiden Erwachsenen ein wenig Freizeit hatten. Mia sah erleichtert aus, als sie durch die Haustür kam. Mit einem Lächeln, das ihm den Atem raubte, ging sie die Treppe hinauf und ein paar Minuten später hörte er das Wasserrauschen der Dusche.

Ein Windstoß traf das Dach, als sie das Abendessen beendet hatten, und brachte den ersten Regen mit sich. Kenton rannte durch das Haus und schloss die Fenster gegen die kühle, feuchte Luft des Sturms. Er war gerade im Zimmer der Zwillinge, als Donnergrollen das Haus erschütterte und draußen ein Blitz über den Himmel zuckte. Bei einem hohen Kreischen von unten sprintete er zurück in die Küche.

Mia hatte beide Mädchen aus ihren Hochstühlen genommen und drückte sie an sich, während sie auf dem Boden kniete.

„Alles in Ordnung?", fragte er und blieb stehen.

„Sie haben nur Angst. Das war knapp." Kaum hatte sie zu Ende gesprochen, schlug ein weiterer Blitz in der Nähe ein und der Strom fiel aus.

„Scheiße." Sein Fluch wurde von dem Kreischen der Mädchen übertönt. Er griff nach Ava und nahm sie in seine Arme, bevor er Mia auf die Beine half, die Emma umklammerte. „Wir sollten ins Wohnzimmer gehen."

Er ging voran und brachte alle dazu, sich auf dem Teppich vor dem Kamin niederzulassen, wo die Mädchen oft spielten. Als sich die Kinder so weit beruhigt hatten, dass Mia sich ein paar Meter entfernen konnte, zog er sie am Arm beiseite, um mit ihr zu sprechen.

„Es gibt ein Problem", sagte er mit leiser Stimme, ohne sich die Mühe zu machen, die Lage zu beschönigen. „Das Sicherheitssystem ist ausgefallen, was uns verwundbar macht. Ich werde die Umgebung überprüfen, aber Sie müssen auch in Alarmbereitschaft sein." Er hatte nicht viel über sein Sicherheitssystem gesprochen, aber er hatte es still und leise aktualisiert und am Tag nach dem Angriff zusätzliche Kameras montiert. Die Vorstellung, dass sie ebenfalls ausgefallen waren, gefiel ihm nicht.

„Jemand müsste verrückt sein, um jetzt nach draußen zu gehen." Mia deutete auf das Fenster. Der Regen prasselte gegen die Scheibe und die Bäume schwankten im letzten Abendlicht.

„Vielleicht", sagte er. Für ihn schien es die perfekte Gelegenheit für einen Einbruch zu sein. Alle ungewöhnlichen Geräusche würden dem Sturm zugeschrieben werden. Und ohne das Sicherheitssystem, das sie vor Eindringlingen warnte, waren sie leichte Beute.

Bei einem Jaulen drehte er sich um. Eliot schlich unter einem Stuhl hervor und näherte sich zitternd den Zwillingen.

„Donner ist furchterregend für Tiere", sagte Mia, bevor sie sich umdrehte, um mit dem Hund zu sprechen. „Es ist okay, Junge."

„Ich werde bald zurück sein und nach Ihnen sehen. Halten Sie Ihr Handy und meine Nummer für Notfälle bereit." Er wartete darauf, dass sie tat, was er verlangte, bevor er den Raum verließ.

Er ging zuerst durch das Haus und überprüfte die Fenster im Untergeschoss sowie alle anderen Einstiegspunkte. Dann schlüpfte er in einen Regenmantel und marschierte mit gesenktem Kopf in den Sturm hinaus. Durch den Regen, der sein Gesicht traf, war seine Sicht eingeschränkt, aber er hatte schon oft mit extremen Bedingungen zu tun gehabt und ging immer weiter, bis er das Haus zweimal umrundet und die Garage überprüft hatte.

Nichts war anders als sonst außer den vom Sturm zerbrochenen Ästen. Er nahm sich eine Minute Zeit, um blinzelnd in den Regen und die Dunkelheit zu starren. Die Häuser in der Nähe waren bis auf das Leuchten von Kerzen und Laternen alle dunkel. Niemand schien sich zu rühren. Er spürte, wie seine Besorgnis nachließ. Er würde nicht unvorsichtig werden, aber er sah auch keinen Grund, im Regen herumzustehen.

Er betrat das Haus durch die Küche und zog seinen Mantel aus. Er hatte etwas Schutz geboten, aber seine Kleidung war trotzdem durchnässt und klebte an ihm. Am Ende der Treppe blieb er stehen und lauschte auf Geräusche von Mia und den Mädchen. Aus dem Wohnzimmer hörte er fröhliche Stimmen, die ein Kinderlied sangen. Er fasste das als gutes Zeichen auf, ging in sein Zimmer und zog sich trockene Kleidung an. Dann warf er einen Blick auf den kleinen Waffensafe unten im Schrank. Mit den Kindern im Haus wollte er keine Waffe mit sich herumtragen, aber war es in dieser Situation gerechtfertigt?

Er entschied sich dagegen. Es gab viele Möglichkeiten, sie notfalls ohne Waffe zu verteidigen. Als er ins Wohnzimmer zurückkehrte, stellte er fest, dass Mia Feuer im Kamin gemacht und Kerzen angezündet hatte, was dem Raum eine gemütliche Atmosphäre verlieh.

„Ich bin froh, dass Sie zurück sind." Sie sah zu ihm auf. „Alles okay?"

„Anscheinend ja." Da die Mädchen zuhörten, hielt er seine Antwort kurz und zuversichtlich.

„Können Sie kurz auf sie aufpassen? Ich möchte Marshmallows, Schokolade und Graham Cracker aus der Küche holen."

„S'mores!", rief Emma. Beide Mädchen freuten sich auf die unerwartete Leckerei.

„Gute Idee", sagte er und ließ sich zwischen den Zwillingen auf den Teppich fallen. „Vielleicht können Sie das hier gebrauchen." Er zog eine Taschenlampe aus seiner Gesäßtasche und reichte sie Mia.

„Ich bin gleich zurück", sagte sie.

Er legte einen Arm um jedes Mädchen, als draußen Donner grollte. Der Sturm entfernte sich langsam, aber Kenton hatte das Radar überprüft und gesehen, dass ein anderer nicht weit dahinter war. Mias Idee, S'mores am Kaminfeuer zu essen, war eine großartige Ablenkung.

„Hier." Mia kehrte mit einem Korb voller Zutaten zurück und breitete sie in der Nähe des Feuers aus. „Wer will zuerst ein Marshmallow rösten?"

Kenton verspürte einen kurzen Moment lang Panik. Sie würde die Mädchen nicht näher an das Feuer lassen, als sie bereits waren, oder?

Mia rutschte näher heran und hielt Emma zwischen ihren Beinen fest. Er verstand jetzt, was sie vorhatte, also tat er das Gleiche mit Ava. Eliot nahm die Position zwischen ihnen ein, als sie lange Stöcke in Richtung Feuer streckten. Mia machte S'mores, sobald die Marshmallows goldbraun waren, und ließ jedes Mädchen selbst den oberen Cracker auf die süße Köstlichkeit legen.

„Ich erinnere mich an eine Nacht wie diese, als ich ein Kind war", begann Mia. „Eure Mom und ich waren im Haus meiner Großeltern auf dem Land und es hatte den ganzen Tag geregnet. Es gab Pfützen, die groß genug waren, um darin zu schwimmen. Kurz nach Sonnenuntergang ließ Grandma Caroline und mich aus dem Haus und wir rannten wie Verrückte herum, hüpften in die Pfützen und schüttelten das Wasser von den Pflanzen."

Kenton war sich nicht sicher, ob die Mädchen an der Geschichte selbst interessiert waren oder ob es am Tonfall von Mias Stimme lag, aber sie waren begeistert. So sehr, dass Mia andere Geschichten aus ihrer Kindheit erzählte, in denen es darum ging, wie sie und die Mutter der Mädchen Spaß gehabt hatten.

„Sie sind dran." Mia lächelte ihn an, als sie eine Geschichte darüber beendete, wie ein Junge sich getraut hatte, einen Frosch nicht nur zu berühren, sondern ihn einen ganzen Tag lang herumzutragen.

„Ich?" Sie wollte, dass er eine Geschichte erzählte? Wie die Kinder und Eliot war er zufrieden damit gewesen, ihr zuzuhören.

„Sicher. Ich wette, Sie haben einige faszinierende Geschichten." Sie lächelte ermutigend. „Sie sind in der Stadt aufgewachsen, oder?"

„Ja", sagte er und rieb Eliot, der gekommen war, um sich neben ihn zu legen, den Bauch.

„Das Geschichtenerzählen hilft, alle zu beruhigen." Ihr Blick wanderte zu Eliot. Das Zucken ihrer Lippen zeigte, dass sie von seiner Rolle als Hundeflüsterer amüsiert war. Das Tier war nervös auf und ab gegangen, bis es sich schließlich an Kenton geschmiegt hatte. Er fühlte sich überhaupt nicht wohl dabei, eine Geschichte erzählen zu müssen. Einige seiner SEAL-Kameraden waren begnadete Geschichtenerzähler, die bereitwillig ihre Abenteuer als Jugendliche zum Besten gaben. Er hatte sich nie an diesen Gesprächen beteiligt und lieber zugehört. Jetzt würde er sich allerdings etwas einfallen lassen müssen. Und zwar schnell. Er ging seine Erinnerungen durch.

„Ich war jahrelang jeden Sommer im Pfadfinderlager", begann er. Er hatte diese Wochen geliebt. Patrick war immer da gewesen. Anderson war nur einmal gekommen, aber sie hatten damals großartige Dinge erlebt. „Einmal wollte ich länger aufbleiben, um den Perseiden-Meteoritenschauer zu beobachten." Er bemerkte Mias hochgezogene Augenbrauen und stellte fest, dass er sein Publikum verloren hatte. Zeit, den Kurs zu korrigieren. „In jener Nacht gab es jede Menge Sternschnuppen." Avas Augen weiteten sich vor Aufregung. „Zwei Freunde und ich schlichen aus unserer Hütte, stiegen auf einen großen Hügel und verbrachten die ganze Nacht dort oben. Wir haben so viele Sternschnuppen gesehen, dass wir sie nicht zählen konnten. Es war großartig, aber wir wurden erwischt, als wir am nächsten Morgen zurückkehrten. Zur Strafe mussten wir den Rest der Woche das Frühstücksgeschirr spülen."

„War es das wert?", fragte Mia mit entspanntem und glücklichem Gesicht.

„Jeden Teller und jeden Löffel", sagte er. Er hatte nicht nur Dutzende von Meteoren gesehen, sondern auch Zeit mit seinen beiden engsten Freunde verbracht.

„Schöne Geschichte." Er freute sich über das Kompliment. Sie war nicht so gut gewesen wie ihre, aber der verträumte Ausdruck auf den Gesichtern der Mädchen bei seinen Worten hatte ihm gefallen.

„Zeit fürs Bett", sagte Mia und tippte zuerst einem Mädchen und dann dem anderen auf die Nase.

Kenton musste sich davon abhalten, sie um eine weitere Geschichte zu bitten. Der Abend war trotz seiner Sicherheitsbedenken schön gewesen. Es war etwas Besonderes, im Schein des Feuers zu sitzen.

Aber dann sah er, wie Emma gähnte, und wusste, dass der Abend vorbei war. Er sah auf die Uhr. Es war bereits später als die übliche Schlafenszeit und alles, was er über Kindererziehung gelesen hatte, besagte, dass feste Schlafenszeiten eingehalten werden mussten. Er stand auf und hob Ava hoch.

„Ich bringe sie ins Bett, wenn Sie …" Mia neigte ihren Kopf zur Haustür.

„Das klingt wie ein guter Plan", sagte er und war überrascht, dass er nicht bemerkt hatte, dass es Zeit für eine weitere Sicherheitsüberprüfung war.

Er wünschte den Mädchen eine gute Nacht, bevor Mia sie im Licht der Taschenlampe nach oben brachte. Sobald er allein war, ging er wie zuvor durch das Haus und ließ sich jetzt, da der Regen nachgelassen hatte, Zeit draußen. Die Luft war kalt und feucht, aber die Stürme waren weitergezogen. Ein Wartungsfahrzeug der Stadtwerke bog in die Straße ein. Das war ein gutes Zeichen dafür, dass die Stromversorgung bald wiederhergestellt sein würde. Er würde wach bleiben, bis er wusste, dass das Sicherheitssystem wieder so lief, wie es sollte.

Als er ins Wohnzimmer zurückkehrte, fand er dort Mia, die die Zutaten der S'mores wegräumte. Sie packte alles zusammen, aber er wollte den Abend noch nicht enden lassen.

„Ein Glas Rotwein passt gut zu der Schokolade, wenn Sie Lust haben", sagte er und spürte seine Nervosität, während er sich innerlich auf den unvermeidlichen Stich ins Herz vorbereitete, falls sie sein Angebot ablehnte.

„Ein Glas Wein?" Sie richtete sich auf und ihre Stimme war voller Überraschung. „Mit mir?"

„Nun, Eliot ist auch dabei. Er hat mich jetzt schon ein paar Tage hintereinander aufgeweckt. Man könnte wohl sagen, dass es zwischen uns allmählich ernst wird."

Sie lachte. „Ich leiste Ihnen und Eliot gern Gesellschaft, falls noch Platz für mich ist. In der Küche gibt es dunkle Schokolade. Soll ich eine Flasche aus dem Weinregal holen?"

Er nickte. „Ich werde noch etwas Holz ins Feuer legen." An anderen Abenden hatten er und Mia sich getrennt, sobald die Kinder im Bett gewesen waren. Sie musste früh aufstehen und er genoss die Ruhe, indem er bei seinen Kontakten Erkundigungen einzog und Erziehungsratgeber las. Was sie jetzt taten, war also neu.

Ein paar Minuten später kehrte sie mit einem Tablett zurück. Er öffnete die Weinflasche und schenkte ihnen jeweils ein Glas ein. Ohne darüber zu diskutieren, setzten sich beide vor dem Kamin auf den Boden. Er schien für den Abend eine bessere Wahl zu sein als die Couch.

„Worüber sollen wir sprechen?", fragte sie, nachdem sie angestoßen und den Wein probiert hatten. Es war ein aromatischer Jahrgang und er spürte, wie Wärme durch seine Adern schoss. Diese Hitze könnte aber auch auf ihre Gesellschaft zurückzuführen sein. Das Flackern des Feuers auf Mias Haut war verlockend. Er musste sich schnell ein Gesprächsthema einfallen lassen, sonst würde er darüber nachdenken, wie ihr Shirt ihre Brüste zur Geltung brachte. Genug. Er riss seine Gedanken davon los.

„Wie kommt es, dass Sie in einer Bäckerei arbeiten? Waren Sie auf einer Kochschule?" Er hatte sich gefragt, wie ihre Vorgeschichte sein mochte, und es schien ein besseres Thema zu sein als ihre Figur.

„Nein." Sie schüttelte den Kopf. „Ich war eine Weile im College, aber ich habe nicht eingesehen, Geld auszugeben, wenn ich nicht einmal wusste, was ich tun wollte. Also habe ich nach einem Semester mein Studium abgebrochen und bin herumgezogen. Ich habe interessante

Jobs angenommen und bin mehrere Jahre im ganzen Land herumgekommen."

„Wo war Ihr Lieblingsort?" Obwohl er niemals ein solches Leben gewollt hatte, war er davon fasziniert.

„Oh, ich weiß nicht." Sie brach zwei Stücke von der Tafel dunkler Schokolade ab und reichte ihm eines. „Es gab viele aufregende Orte. Ich denke, Savannah war meine Lieblingsstadt. Dort herrscht eine coole, entspannte Atmosphäre. Und das Trinkgeld war gut." Sie nahm ihr Glas und trank einen weiteren Schluck Wein.

„Wo haben Sie gearbeitet?", fragte er, um sie aus der Reserve zu locken.

„Hauptsächlich in Restaurants. Ich mag die Gastronomie und liebe es, mit Menschen zu reden."

Das konnte er nachvollziehen, auch wenn er nicht so entspannt im Umgang mit anderen war. Sie schaffte es irgendwie, dass sich alle wohlfühlten.

„Was ist mit Ihnen?", fragte sie. „Hatten Sie immer schon vor, nach der Highschool zur Navy zu gehen?"

„Ich habe diese Entscheidung mit zehn Jahren getroffen und sie fest im Blick behalten. Wenn ich nicht in Annapolis angenommen worden wäre, bin ich mir nicht sicher, was ich getan hätte." Dieses Ziel hatte alles bestimmt, was er in seiner Jugend getan hatte, weil er wusste, was nötig war, um eine Zusage zu bekommen: hervorragende Noten, sportliche Fähigkeiten und Selbstdisziplin. Mit fünfzehn Jahren hatte er angefangen, mit Rekrutierungsoffizieren zu sprechen.

„Ich schätze, es bestand keine Gefahr, dass Sie es nicht schaffen könnten." Sie beobachtete ihn über den Rand ihres Weinglases hinweg.

„Wahrscheinlich nicht", räumte er ein. „Ich war ganz darauf fokussiert."

„War?“ Ihre Augenbrauen hoben sich. „Ich denke, das sind Sie immer noch.“

„Nun, ja. Man muss einen Plan im Leben haben. So bekommt man, was man will.“ Es war eine Lektion, die er früh gelernt hatte. Sein Onkel Ned hatte einen Traum gehabt, aber keinen Plan, um ihn zu verwirklichen. Als Kenton neun Jahre alt gewesen war, war Onkel Ned nach Nashville gefahren, um sich als Country-Musiker einen Namen zu machen. Er hatte Talent gehabt, aber keine Verbindungen und keinen Plan, wie er sie bekommen könnte. Er hatte einfach darauf gehofft, entdeckt zu werden. Ein Jahr später war er zurückgekommen, nachdem er all seine Ersparnisse aufgebraucht hatte, ohne jemals Erfolg zu haben, und er hatte bei Kentons Familie wohnen müssen, bis er wieder auf die Beine kam. Es war zum Teil Onkel Neds abschreckendes Beispiel, das Kenton dazu gebracht hatte, seine eigene Zukunft so streng zu planen. Und das Vorbild seiner Eltern.

„So wie dieses Haus?“, fragte sie.

„Ein solides Zuhause ist mir wichtig.“ Er fügte nicht hinzu, dass das Haus ein grundlegender Schritt in seinem Lebensplan war, zu dem auch eine Frau und Kinder gehörten.

„Dann enden Sie nicht obdachlos, so wie ich“, erwiderte sie. Er sah sie an, um ihre Stimmung zu beurteilen, aber sie hatte ihr Pokerface aufgesetzt.

„Der Wohnungsbrand war nicht Ihre Schuld“, sagte er. So etwas konnte jedem passieren.

„Nein, aber wie so viele andere Dinge zuvor hat er mich in eine andere Richtung geführt. Ich weiß nie genau, was als Nächstes kommt, und normalerweise ist das in Ordnung. Ich denke, das Universum gibt mir, was ich brauche, wenn ich es brauche. Durch den Verlust meiner Wohnung habe ich vorübergehend den Weg hierher gefunden. Wer weiß, wohin es mich als Nächstes verschlägt.“

„Was ist mit den Mädchen?" Die Kinder mussten ihr Nomadenleben verändert haben. Sie machten jede Menge Planung erforderlich.

„Sie sind noch klein genug, um mich überallhin zu begleiten. Sobald sie schulpflichtig sind, muss ich entscheiden, wo ich bleiben möchte, aber ich habe noch drei oder vier Jahre Zeit, bevor ich mir darüber Sorgen machen muss. Bis dahin bin ich offen für neue Erfahrungen. Zum Beispiel die Erfahrung, Sie kennenzulernen", fügte sie leise hinzu.

„Hm?" Sie war froh darüber, ihn kennengelernt zu haben?

„Ohne die Ereignisse, die mich zu Ihrem Haus geführt haben, wären wir uns nie begegnet."

War es ihr wichtig, dass sie sich begegnet waren? Er hatte nicht über den Zufall nachgedacht, der sie zusammengebracht und ihm einen Vorgeschmack auf die Erziehung von Kindern gegeben hatte. Er hätte das nicht planen können und war sich nicht sicher, wie er reagieren sollte, also war er vorsichtig. „Ich hoffe, es war eine gute Erfahrung."

„Ja. Wir sind sehr verschieden." Sie lehnte sich in ein Kissen zurück. „Aber ich mag Sie."

„Sie klingen überrascht."

„Das bin ich nicht", sagte sie. „Ich habe gelernt, mir erst eine Meinung über andere Menschen zu bilden, wenn ich sie kennengelernt habe. Basierend auf den Erzählungen Ihrer Mutter und dem, was ich in Ihrem Haus gesehen habe, hätte ich Sie völlig falsch eingeschätzt."

„Wie das?" Er trank sein Weinglas aus und stellte es beiseite.

Sie lächelte ihn wieder an. „Ich hätte nicht gedacht, dass Sie jemand sind, der an einem stürmischen Abend auf dem Boden sitzt und Wein trinkt."

Das hätte er auch nicht über sich gedacht, aber hier war er und tat genau das. Die Atmosphäre im Zimmer hatte sich verändert und es hatte nichts mit dem Sturm zu tun, der vorübergezogen war. „Bin ich jemand, der dich küssen könnte?“ Die Frage kam aus seinem Mund, bevor er sie aufhalten konnte.

„Ich habe keine bestimmten Kriterien dafür, aber wie gesagt ...“ Sie drehte sich um und stellte ihr Weinglas vor den Kamin. „Ich begrüße neue Erfahrungen.“

Kenton verstand das als Einladung und griff nach ihr. Sie hatten sich bereits zweimal freundschaftlich umarmt, aber dieser Moment war völlig anders. Sie schlang ihre Arme um seine Schultern und seine Hände wanderten zu ihrer Taille. Sie waren immer noch auf dem Boden, aber sie saßen sich jetzt gegenüber. Das Feuer knisterte im Hintergrund und das sanfte Licht betonte die Farbe ihrer Haare. Er strich mit der Hand über die glänzenden Wellen und mochte, wie sie durch seine Finger glitten.

„Hast du einen Plan für Küsse?“ Ihre Stimme war leise und verführerisch.

„Führe mich nicht in Versuchung“, flüsterte er, als sein Mund sich auf ihren legte. Manche Momente erforderten keine Planung und dies war definitiv einer davon. Er strich mit seiner Zunge über ihre volle Unterlippe, bevor er in ihren Mund eintauchte. Sie schmeckte nach Wein, Schokolade und Frau. Absolut berauschend.

Ihre Finger streichelten seinen Hals und seine Wangen, als er den Kuss vertiefte und ihre Zungen miteinander tanzten. Als er sich von ihrem Mund löste, hob sie ihr Kinn und ließ ihn wissen, was sie wollte. Er verschwendete keine Zeit und küsste ihren Hals, bis er den Ausschnitt ihres Shirts beiseiteschob, um ihr Schlüsselbein zu lecken. Ihr leises Stöhnen sagte ihm, dass er die perfekte Stelle gefunden hatte. Wo sonst könnte er sie küssen, um sie zum Stöhnen zu bringen? Er kehrte zurück zu ihren Lippen, während seine Hände ihren Rücken streichelten.

Er dachte gerade darüber nach, sie auf seinen Wohnzimmerboden zu legen, als lautes Donnergrollen sie auseinandertrieb. Eliot sprang auf und begann zu bellen und Kindergeschrei ertönte im Obergeschoss. In dieser Nacht würde es keine Küsse mehr geben. Fast keine.

Er umfasste ihre Wange mit seiner Hand und gab ihr einen letzten sanften Kuss auf die Lippen, bevor er sich erhob und ihr auf die Füße half.

KAPITEL ZEHN

ia sah nach dem Apfelgebäck im Ofen. Sie hatte überraschend einen freien Tag, da in der Bäckerei der Strom ausgefallen war. Zum Glück funktionierte er in Kentons Haus, also hatten Kenton und sie sich um die Mädchen gekümmert und am Morgen und am frühen Nachmittag seinen Zeitplan eingehalten. Dann hatte er sich in sein Arbeitszimmer zurückgezogen und sogar das Abendessen ausfallen lassen. Sie fragte sich, ob er ihr aus dem Weg ging, und hoffte, dass der Duft des süßen Apfelgebäcks ihn anlocken würde, denn sie sollten wahrscheinlich wie Erwachsene über die Küsse der vergangenen Nacht sprechen.

Keiner von ihnen hatte sie erwähnt, selbst als sie tagsüber, während die Mädchen beschäftigt waren, ein oder zwei Minuten Zeit gehabt hatten. Bedeutete sein Schweigen, dass er es bereute? Sie hoffte nicht, weil sie es sicher nicht tat. Diese Küsse gehörten zu den besten, die sie je erlebt hatte, und sie konnte nicht einmal genau sagen, warum. War es, weil Kenton mit genauso viel Hingabe küsste, wie er alles tat, auch wenn er keinen Plan gehabt hatte? Oder war er einfach ein Naturtalent?

Sie war sich nicht sicher, aber sie hoffte, die Gelegenheit zu bekommen, es herauszufinden.

„Essen?" Emma hüpfte um Mias Füße herum, als sie das Gebäck aus dem Ofen nahm.

„Es ist noch zu heiß, aber ihr könnt es morgen zum Frühstück haben. Versprochen." Sie würde eine Nachricht für Kenton hinterlassen. Er würde wahrscheinlich wegen des mangelhaften Nährwertgehalts gegen die Süßigkeit zum Frühstück protestieren, aber Mia hielt ihre Versprechen an die Mädchen. „Es ist Zeit, euch beide ins Bett zu bringen. Lasst uns nach oben gehen."

Mia ließ die Zwillinge in der Badewanne spielen, damit sie sich austoben konnten, bevor sie sie in ihre Betten legte. Sie wusste, dass sie vor dem Schlafengehen miteinander reden würden, aber das war gut für sie. Zwillinge hatten oft eine eigene Sprache und diese beiden waren keine Ausnahme. Ihre Sprachmuster entwickelten sich gerade erst, aber sie hatte sowohl verbale als auch nonverbale Kommunikation zwischen ihnen bemerkt.

Bevor sie ihr Zimmer verließ, schaltete sie die Baby-Kamera in der Ecke ein und überprüfte, ob sie mit ihrem Handy verbunden war.

„Gute Nacht", sagte sie und gab beiden Mädchen einen Kuss, bevor sie die Tür schloss und nach unten ging.

Sie betrat das leere Wohnzimmer, das bemerkenswert sauber war, weil sie Kentons Regeln befolgt und sofort nach dem Spielen aufgeräumt hatten. Sie hatten den Zeitplan genau eingehalten, aber das bedeutete, dass Mia jetzt nichts mehr zu tun hatte. Sie konnte noch etwas backen oder mit der Wäsche beginnen, doch keine dieser Optionen klang so, als würde sie Kenton aus seinem Versteck locken. Sie drehte den Kopf und sah zur Tür seines Arbeitszimmers.

Aber zuerst musste sie für eine angenehme Atmosphäre sorgen. Den Stürmen am Vortag waren herbstliche Temperaturen gefolgt, sodass

Kaminfeuer schön und romantisch wäre. Sie stapelte Holz und zündete es an. Nachdem das erledigt war, ging sie in die Küche.

Wein oder etwas anderes? Die kalte Luft ließ sie an ein warmes Getränk denken. Irish Coffee schien perfekt zu sein. In der Küche begann sie, eine frische Kanne Kaffee zu kochen, bevor sie Whiskey und braunen Zucker holte und etwas Sahne aufschlug. Sie gab alles in Gläser, bestäubte die Schlagsahne mit Kakaopulver und trug die Getränke zu Kentons Arbeitszimmer.

„Ich bin es", sagte sie und stieß die Tür auf. „Ich habe dir etwas mitgebracht, aber eigentlich möchte ich dich dazu überreden, mit mir zu kommen."

Er blickte von dort auf, wo er mit einem Stift und einem Notizblock in der Nähe seines Laptops saß.

„Bitte", fügte sie hinzu und hoffte, ihn von den Gedanken loszureißen, die ihn meilenweit von ihr weggeführt zu haben schienen.

„Du hast recht." Mit einem Seufzer legte er den Stift weg und klappte seinen Laptop zu. „Ich bin schon zu lange hier. Wo sind die Mädchen?"

„Schon im Bett. Irish Coffee?" Sie reichte ihm ein Glas.

Er grinste sie plötzlich an. „Warum denkst du, dass ich Ire bin?"

„Vielleicht weil dein Nachname Fitzpatrick ist. Nicht, dass es wichtig wäre, um Irish Coffee zu genießen. Ich bin keine Irin und es ist eines meiner Lieblingsgetränke." Sie wartete darauf, dass er einen Schluck probierte, bevor sie fortfuhr. „Ich habe Feuer im Kamin gemacht. Willst du dich mir anschließen?"

Sie wartete nicht darauf, dass er antwortete, sondern ging ins Wohnzimmer. Die Tür des Arbeitszimmers schloss sich und sie hörte, wie seine Schritte ihr folgten. Als sie sich auf die Couch setzte, tätschelte sie den Platz neben sich. Kenton war immer noch angespannt, wahrscheinlich aufgrund dessen, was er in seinem Büro herausgefunden hatte. Wenn sie ihn dazu bringen könnte, es ihr zu sagen, würde er vielleicht darüber hinwegkommen, sodass sie den Abend genießen konnten. Hoffentlich würde dies zu mehr Küssen führen, was zugegebenermaßen ihre Hauptmotivation war.

„Hast du etwas Neues erfahren?" Sie wusste nicht genau, was er in seinem Arbeitszimmer gemacht hatte, aber sie vermutete, dass es mit dem Angreifer zu tun hatte, der hinter ihnen her war.

Er schüttelte den Kopf, als er sich neben sie auf die Couch setzte. „Ich habe noch einmal meine letzte Mission analysiert. Ich versuche immer noch herauszufinden, was schiefgelaufen ist."

„Und du denkst, dass die Bedrohung gegen uns damit zusammenhängt?" Er hatte ihr von der Mission erzählt und seine Besorgnis darüber geäußert, dass sie der Ursprung der Bedrohung sein könnte, aber Mia hatte nicht zu viele Fragen gestellt.

„Ich bin davon überzeugt, aber mein Kommandant denkt anders." Seine Hand war auf seinem Oberschenkel zur Faust geballt. „Ich muss ihm etwas präsentieren, das ihn dazu bringt, die Situation neu zu bewerten. Es könnte der einzige Weg sein, um die Bedrohung auszuschalten."

„Hast du auch außerhalb des Stützpunkts Zugriff auf die Missionsaufzeichnungen?" Mia wusste nicht viel über das Militär oder darüber, was er tat, aber das kam ihr seltsam vor.

„Der Nachrichtendienst hat mir einen sicheren Link zu der Datenbank gesendet, in der die Datensätze gespeichert sind. Sie dachten, es könnte mir dabei helfen, die aktuelle Bedrohung zu lokalisieren. Ich gehe diese Mission immer wieder durch, aber ich kann einfach nicht genau sagen, an welchem Punkt sie gescheitert ist." Sein Gesicht war konzentriert und sie konnte sich vorstellen, dass er bei Einsätzen so aussah. „Alles war auf die Minute genau geplant und ich kann bei der Ausführung keine Mängel erkennen, aber der Anführer ist trotzdem entkommen."

„Was ist, wenn dein Kommandant recht hat und die Bedrohung nichts mit dieser Mission zu tun hat?", fragte sie.

„Ich will trotzdem wissen, was passiert ist." Er entspannte seine Hand und rieb damit über sein Bein. „Ein anderes SEAL-Team ist ausgesandt worden, um den Kerl zu fassen. Ich kann vielleicht dabei helfen."

Sie saßen einige Minuten lang schweigend da, während sie beide an ihren Getränken nippten. Der Kaffee war auf die perfekte Temperatur abgekühlt und sie suchte nach den richtigen Worten. Ihr fiel nichts ein, also war sie einfach ehrlich. „Hast du jemals darüber nachgedacht, dass du zu viele Lasten trägst?"

„Was?" Er schien von ihrer Frage schockiert zu sein. „Nein. Das ist mein Job. Das, was ich mache. Mein Team ist darauf angewiesen, dass ich meinen Teil beitrage, und irgendwie habe ich das trotz der besten Planung nicht geschafft."

„Wir alle scheitern manchmal." Sie hielt ihre Stimme sanft.

„Solche Fehler kosten Leben", argumentierte er.

„Wurde einer von euch verletzt?" Sie hatte nicht den Eindruck bekommen, dass dies der Fall war.

„Nein", gab er zu, „aber ich habe jemanden entkommen lassen, der in der Vergangenheit anderen, insbesondere Kindern, Schaden zugefügt hat. Damit kann ich nicht leben." Er war ein verantwortungsbewusster Mann und sie bewunderte ihn dafür, aber er musste erkennen, dass er nicht das Gewicht der ganzen Welt mit sich herumtragen konnte.

„Aber es gibt ein anderes Team, das nach ihm sucht", sagte Mia in der Hoffnung, ihm einen Teil seiner Schuldgefühle zu nehmen, „also ist es nicht mehr dein Problem."

„So funktioniert das bei den SEALs nicht." Er legte sich zurück und lehnte seinen Kopf gegen das Polster.

„Das wäre zu viel Verantwortung für mich." Seit sie ihre Nichten großzog, musste sie die Welt anders betrachten, aber was er auf sich nahm, war zu viel. „Ich denke, ich bleibe beim Backen, wo ein Fehler bedeutet, dass der Teig nicht aufgeht oder die Kuchenglasur zu dickflüssig wird."

„Kann man diese Probleme beheben?" Er drehte den Kopf und sah sie an.

„Bei der Glasur schon, aber nicht beim Teig. Er wird weggeworfen. Letztendlich entsteht dadurch niemandem ein Schaden", sagte sie. „Ich bin bereit zu wetten, dass du bei deinen Missionen mehr Gutes als Schlechtes bewirkt hast. Ich würde sogar vermuten, dass alle anderen Missionen erfolgreich waren. Habe ich recht?"

Er antwortete erst nach einer längeren Pause. „Einige sind besser verlaufen als andere, aber man könnte sagen, dass ich eine gute Erfolgsbilanz vorweisen kann."

„Dich darauf zu konzentrieren macht vielleicht *das* besser." Sie berührte die Falten, die sich über seine Stirn zogen, und glättete sie mit ihren Fingerspitzen. „Und ein bisschen Whiskey hilft in den meisten Situationen. Trink dein Glas leer."

„Ja, Ma'am." Er hob sein Glas an die Lippen und leerte es. Sie nahm es ihm ab und stellte es zu ihrem auf den Couchtisch. Als sie sich umdrehte, fand seine Hand ihre. „Ich habe gar nicht gefragt, wie der Rest deines Tages war."

„Es gab keine Probleme." Als er sie berührte, konnte sie sich kaum an ihren Tag erinnern. Sie wollte auf seinen Schoß rutschen und ihn bis zur Besinnungslosigkeit küssen, aber seine Gefühle schienen immer noch in Aufruhr zu sein, also ließ sie ihn das Tempo bestimmen. Er hob ihre Hand an seinen Mund und strich mit seinen Lippen über ihren Handrücken, was einen Schauder des Verlangens über ihren Arm sandte. Vielleicht war es gut, langsam zu machen.

„Ich habe letzte Nacht über unseren Kuss nachgedacht“, sagt er zu ihrer Überraschung.

„Oh?“ Sie hielt ihre Antwort kurz, obwohl sie fragen wollte, ob er ihm etwas bedeutet hatte.

„Du nicht?“ Schmerz flackerte in seinen Augen auf.

„Den ganzen Tag“, sagte sie mit einem Lächeln. „Er war gut.“

Sein Lächeln war langsam und sexy. „Ich denke, wir können es noch besser machen.“

Besser? Das war schwer zu glauben, aber sie war bereit, es zu versuchen, wenn er es auch war. Alle Anzeichen deuteten darauf hin.

„Warte.“ Sie drückte mit ihrer freien Hand gegen seine Brust. Seine sehr muskulöse Brust. „Hast du noch einen Kuss geplant?“

Er legte den Kopf schief. „Ich würde lügen, wenn ich Nein sagen würde. Komm näher.“

Sie rutschte ohne zu zögern zu ihm, bis sie auf seinem Schoß saß und ihre Lippen an seinen waren. „Gut?“

„Perfekt.“ Seine Hände glitten bereits unter den Saum ihres Shirts. „Du bist wunderschön. Das war mein erster Gedanke über dich.“

„Sogar als ich dir deinen eigenen Baseballschläger in den Bauch gerammt habe?“ Sie erwähnte nicht, wie heiß sie ihn bei dieser Begegnung gefunden hatte.

„Sogar dann.“ Er beugte sich näher zu ihr und ließ seine Lippen über ihren Hals wandern. Das hatte er in der Nacht zuvor auch getan und es fühlte sich jetzt genauso gut an. „Kein Stöhnen heute Nacht?“

Sie lachte an seiner Schläfe. „Ich versuche, elegant zu wirken.“

„Mir ist es lieber, wenn du einfach du selbst bist. Lebensfroh, spontan und sexy.“

Sie nahm sein Gesicht in ihre Hände, blickte in seine Augen und sah, was sie wissen musste. Seine Worte waren ein Kompliment und er wollte sie genauso sehr, wie sie ihn wollte. „In Ordnung. Meine spontane Seite sagt, dass wir oben im Bett weitermachen sollten.“

„In meinem Bett. Es ist größer“, sagte er, stand auf und hob sie hoch. Sie schlang ihre Beine um seine Taille und klammerte sich an ihm fest. Sie mochte das Gefühl seiner Hände auf ihrem Hintern, die sie im Gleichgewicht hielten, als er die Stufen hinaufging.

Er marschierte ins Hauptschlafzimmer und ließ sie an sich herunterrutschen, sodass sie durch seine Jeans seine Erektion spüren konnte. Sie hatte gerade genug Zeit, das zu verarbeiten, bevor er ihr einen Kuss gab, der sie atemlos machte. Er unterbrach ihn nur, um ihr Shirt über ihren Kopf zu ziehen, dann setzte er ihn fort. Sie zerrte an seiner Kleidung und wollte seine Haut auf ihrer spüren.

Sie zog sich nur lange genug von dem Kuss zurück, um zu sagen: „Ausziehen.“ Er öffnete ihren BH und sie streifte ihn ab. Seine Hände umfassten ihre Brüste, bevor er den Kopf senkte, um sie fast ehrfürchtig zu küssen. Aber er war immer noch angezogen. „Ich meinte auch dich.“

„Verstanden.“ Er trat einen Schritt zurück und zog sein Shirt aus, worauf schnell seine Jeans und seine Boxershorts folgten. Sein großer, muskulöser Körper war einfach perfekt. Ein paar Narben zogen sich über seine Haut, aber sie betonten seine Männlichkeit. Und er war hart. Für sie. „Jetzt du.“

„Hm?“ Sie war so beschäftigt damit gewesen, ihn anzustarren, dass sie seine Worte nicht verstand.

„Zieh den Rest deiner Kleidung aus, Süße. Ich will alles von dir sehen.“ Er stemmte die Hände in die Hüften und wartete.

Sie schob ihre Yogahose und ihr Höschen herunter und trat aus beiden heraus. Die Luft um sie herum war kühl, aber sein Blick war heiß und wärmte sie.

„Geh ins Bett." Seine Stimme war zu einem befehlenden Knurren geworden. Sie überlegte, ob sie nicht gehorchen sollte, um zu sehen, was passieren würde, aber dann entschied sie, dass sie dieses eine Mal folgsam sein konnte.

Also schlug sie die Decke zurück und stieg ins Bett, während er das helle Deckenlicht ausschaltete und eine kleine Lampe auf der Kommode anmachte. Stimmungsvolles Licht. Er bereitete die Kulisse vor – sein überaus großes Bett. Bevor er zu ihr kam, legte er ein Kondom auf den Nachttisch.

„Ich habe noch mehr, wenn nötig", sagte er.

Sie wollte ihn damit necken, dass er immer vorbereitet war, aber es war nicht der richtige Zeitpunkt dafür. „Gut. Komm her."

Er legte sich auf sie und stützte sich auf seine Unterarme, um sie nicht mit seinem Gewicht zu erdrücken, aber er war ihr trotzdem herrlich nah. Seine Erektion drückte sich in ihren Bauch, als er sie wieder küsste. Himmel, er war gut darin. Bald bewegten sich ihre Körper im Einklang. Noch bevor er in sie eindrang, fanden sie einen Rhythmus, der ihnen beiden gefiel.

Sie wollte protestieren, als er den Kuss abbrach, aber dann nahm er eine ihrer Brustwarzen in seinen Mund. Seine Finger spielten mit der anderen und wieder schoss Hitze durch sie. Schließlich bewegten sich seine Lippen nach unten und folgten einem Pfad über ihren Bauch.

„Magst du es, hier geleckt zu werden?" Er wartete nicht auf eine Antwort, bevor seine Zunge zwischen ihre Schenkel tauchte.

„Oh Gott, ja", flüsterte sie. Ihre Hände glitten in seine Haare und glätteten die dunklen Locken. Seine Bartstoppeln kratzten über ihre zarte Haut, aber es machte die Empfindungen, die er mit seinem Mund in ihr weckte, noch intensiver. Sie konnte sich nicht davon abhalten, sich ihm entgegen zu wölben und ihre Beine weiter zu spreizen. Sie spürte, wie die Anspannung in ihr wuchs, aber sie wollte nicht ohne ihn kommen. „Ich brauche dich in mir."

„Mit Vergnügen", murmelte er und sein heißer Atem war auf ihrer Haut wie eine Liebkosung. Dann war er wieder über ihr, griff nach dem Kondom, riss die Verpackung auf und streifte es sich über. Sie wollte anbieten, ihm zu helfen, aber sie beobachtete gern seine selbstbewussten Bewegungen.

„Das ging aber schnell", sagte sie, als er sich wieder über sie beugte.

„Ich bin motiviert. Lege deine Beine um mich." Dann küsste er sie und seine Zunge glitt tief in ihren Mund, als er in sie eindrang.

Sie fühlte sich fast überwältigt von seiner Größe, aber er sank langsam in sie und gab ihrem Körper Zeit, sich an ihn zu gewöhnen, bis er vollständig in ihr war und sich die Muskeln in ihrem Inneren um ihn herum anspannten.

„Mein Gott. Mia, das ist …" Er beendete seinen Satz nicht. Das brauchte er auch nicht. Er zeigte ihr mit seinem Körper, wie er sich fühlte. Die Anspannung zwischen ihnen stieg, als er abwechselnd tief und dann wieder flach in sie stieß. Es machte sie fast verrückt vor Lust, als sie am Rande ihres Höhepunkts schwebte.

„Jetzt, Kenton. Bitte." Ihre Stimme war ein kehliges Flüstern, aber er hörte sie und seine Stöße wurden tiefer und schneller. Sekunden später kam sie und ihr ganzer Körper zitterte, als sie Erlösung fand. Er stieß ein letztes Mal in sie, während sein Kopf an ihrer Schulter vergraben war.

„Das war verdammt gut", sagte er, als er schließlich stillhielt. Seine Lippen bewegten sich über ihren Hals, bevor sie ihren Weg nach oben zu ihrem Mund fanden. Sein Kuss war jetzt sanft und beruhigend, anstatt erregend. Er küsste ihre Wangen und ihre Schläfen und strich ihr die Haare aus dem Gesicht.

Sie hatte sich noch nie so gefühlt. So ... was war das Wort dafür? Geliebt? Nein, nicht das. Das konnte es nicht sein. Wertgeschätzt. Das war besser. Das Gefühl blieb, als er neben ihr einschlief, während ihre Körper einander immer noch berührten.

KAPITEL ELF

Mia drehte sich im Bett um und begegnete einem großen, ausgestreckten Körper. Sie blinzelte und wachte vollständig auf. Ihre Nase war nur wenige Zentimeter von Kentons Schulter entfernt. Im trüben Licht konnte sie sein Profil erkennen und das stetige Auf und Ab seiner Brust sehen. Erinnerungen an die vergangene Nacht kamen zurück.

Er war verärgert über sein angebliches Versagen gewesen, aber beim Sex war es nicht darum gegangen, ihn aufzuheitern. Sie hatten es beide gewollt. Und es war unglaublich gewesen. Wahrscheinlich der beste Sex ihres Lebens.

„Bist du schon einmal neben einem Mann aufgewacht?" Seine Stimme war rau vom Schlaf.

„Nicht sehr oft." Fast nie. Sie hatte lockere Beziehungen gehabt, aber dazu hatte nicht gehört, die Nacht bei einem Mann zu verbringen. Bei Kenton hatte sie nicht das Bedürfnis gehabt, in ihr Zimmer zurückzukehren. Sie wäre sogar unglücklich gewesen, wenn er sie darum gebeten hätte.

Sein Arm glitt unter sie und hob sie hoch, bis sie auf ihm lag. „Dann weißt du wahrscheinlich nicht, dass Männer morgens oft mit einer Erektion aufwachen."

Sie wand sich auf ihm und spürte seine Erregung. „Ich dachte, das wäre für mich."

„Vertrau mir, Süße, das ist es." Seine Hände strichen über ihren Rücken und umfassten ihren Hintern.

Sie lachte und küsste seinen Oberkörper. Sosehr ihr auch gefiel, wohin das zu führen schien … „Die Mädchen wachen bald auf."

„Dann sollten wir besser schnell machen", sagte er. Seine Augen waren so intensiv wie bei ihrer ersten Begegnung, aber das Versprechen in ihnen war nicht mehr Gefahr. Es war etwas viel Erregenderes.

„Nicht zu schnell", warnte sie, als sie ihn in sich aufnahm.

Zehn Minuten später brach sie auf ihm zusammen. Sie entschied, dass ‚schnell' mit ihm besser war als ‚langsam' mit irgendjemand anderem. Seine Finger wanderten träge über ihren Rücken, während sie zu Atem kamen. Sie stützte ihr Kinn auf seine Brust und betrachtete sein Gesicht. Er schien tief in Gedanken versunken zu sein.

„Woran denkst du?", fragte sie.

„Daran, dass es ein guter Tag ist, um mit dem Toilettentraining der Mädchen zu beginnen", sagte er.

„Was?" Ihr Gehirn war immer noch benommen von Sex und Schlaf. Vielleicht hatte sie sich verhört.

„Die Mädchen sind bereit." Er klang so sicher, dass sie den Kopf hob und ihm ins Gesicht sah.

„Und woher willst du das wissen?" Sie hatte das noch nicht einmal in Betracht gezogen. Sie dachte, die Mädchen würden sie wissen lassen, wann sie das Töpfchen benutzen wollten.

„Ich habe gelesen, was die Anzeichen sind." Seine Stimme war zuversichtlich.

Natürlich hatte er das. „In deinem Buch?"

„Korrekt." Er grinste sie an. „Und ich hasse es, Windeln zu wechseln."

„Ah, jetzt kommt die Wahrheit heraus." Sie kicherte.

Er hob eine Augenbraue. „Macht es dir Spaß?"

„Nein", gab sie zu. „Ich nehme an, es wird nicht schaden, es zu versuchen, und da wir heute beide zu Hause sind, können wir sie im Auge behalten." Sie setzte sich auf. „Ich bin dabei, aber ich brauche eine Dusche und eine Tasse Kaffee, bevor ich weiter darüber nachdenken kann."

Seine Hände blieben auf ihren Hüften. „Die Dusche in meinem Badezimmer ist groß", sagte er. „Sehr groß."

Das war eine Einladung, die ihre spontane Seite gern annehmen wollte, aber sie konnte es nicht. Nicht jetzt. „Wenn wir zusammen duschen, hören wir die Mädchen nicht, wenn sie aufwachen." Ihre Fantasie ging bereits in eine Richtung, in die sie nicht gehen sollte, aber der Gedanke an ihn und eine große Dusche war einfach zu verlockend.

Er seufzte und seine Finger spielten mit ihren Brustwarzen. „Kinder bringen jede Menge Einschränkungen mit sich."

„Manchmal, aber sie sind so süß. Das musst du zugeben. Wir können ein anderes Mal Sex in der Dusche haben." Sie küsste ihn fest auf die Lippen, bevor sie sich von ihm rollte und aus dem Bett stieg. Plötzlich fühlte sie sich verlegen. Das sah ihr nicht ähnlich, aber sie war es nicht gewohnt, neben einem Mann aufzuwachen, und sie hatte keinen Morgenmantel, um sich zu bedecken. Auf seine Ellbogen gestützt beobachtete er, wie sie nackt und unentschlossen in seinem Schlafzimmer stand.

„Du kannst mein Shirt anziehen“, schlug er vor und kam zu ihrer Rettung. „Es dürfte mehr als groß genug sein.“

Sie schnappte sich das Shirt vom Boden, wo es in der Nacht gelandet war, und zog es sich über den Kopf. Es war riesig und bedeckte sie bis zur Mitte ihrer Oberschenkel, aber das Beste war, dass es nach ihm roch.

„Es steht dir gut.“ Seine Augen wanderten über sie und sie spürte, wie Hitze in ihr aufwallte. „Komm und gib mir noch einen Kuss.“

Sie lachte. „Wir werden dieses Zimmer nie verlassen, wenn ich das tue. Wir sehen uns beim Frühstück“, sagte sie und lief auf den Flur. Die Mädchen unterhielten sich in ihren Betten, aber sie schienen zufrieden zu sein, also ging sie an ihrem Zimmer vorbei und duschte schnell.

Trotzdem war Kenton schneller als sie und befand sich bereits mit den Zwillingen in der Küche, als sie fertig war. Sie saßen in ihren Hochstühlen und aßen das Apfelgebäck, während er ihnen einen Vortrag über das Toilettentraining hielt.

Sie nickte zustimmend, als sie zu ihr blickten, aber innerlich lachte sie. Es war lustig zu sehen, wie der große, sexy SEAL die richtige Benutzung des Töpfchens erklärte. Er legte ihnen die Vorteile dar und versprach, dass sie zur Belohnung hübsche Unterhosen bekommen würden. Das musste er in seinem Buch gelesen haben, aber es brachte sie dazu, an ihre Dessous zu denken. Das Feuer in der Wohnung hatte alle schönen Stücke, die sie gehabt hatte, vernichtet, und sie hatte sie noch nicht ersetzt, da sie es für unwahrscheinlich gehalten hatte, dass es bald wieder einen Mann in ihrem Leben geben würde.

War er in ihrem Leben?

Mia schenkte sich eine Tasse Kaffee ein und überlegte. Er schien es zu sein, aber sie hatte keinen Grund zu der Annahme, dass es etwas anderes als eine Affäre war, die aufgrund von Nähe und körperlicher Anziehung begonnen hatte. Vielleicht könnte sie sich damit zufriedengeben, da sie bezweifelte, dass sie in die Pläne passte, die Kenton ganz sicher für sich hatte.

Genieße den Moment, sagte die Stimme in ihrem Kopf. Darin war sie immer gut gewesen und sie wusste nicht, warum sich das ändern sollte.

Nach dem Frühstück setzten sie beide Mädchen auf das Töpfchen und übten, die Toilettenspülung zu drücken. Sie warfen sogar Cheerios in die Toilette, damit sie zusehen konnten, wie sie herumwirbelten und untergingen. Den ganzen Tag über brachten sie die Kinder ins Badezimmer und ermutigten sie.

Wenn Kenton sich albern vorkam, während er zwei kleine Mädchen anfeuerte, in das Töpfchen zu pinkeln, zeigte er es nicht. Er nahm diese Sache genauso ernst wie alles andere. Er hielt sich an das Buch und sorgte für einen strukturierten Ablauf, aber Erfolg oder Misserfolg hingen auch davon ab, dass die Mädchen zeigten, was sie brauchten, was zu Mias Erziehungsphilosophie passte. Es war ein guter Kompromiss und wenn es bedeutete, keine Windeln mehr wechseln zu müssen, war sie dabei.

Vor dem Schlafengehen und nach nur einem Unfall an diesem Tag erklärte Mia das Experiment zu einem Erfolg. Sie hatte keinen Zweifel daran, dass es Rückschläge und weitere Unfälle geben würde, aber die Mädchen hatten einen wichtigen Fortschritt gemacht. Als sie nach unten ging, nachdem sie sichergestellt hatte, dass die beiden eingeschlafen waren, wartete Kenton auf sie. Er sagte nichts, sondern zog sie in seine Arme und drückte sie an sich. Sie atmete den Duft seiner Haut ein. Sie hatten sich den ganzen Tag nicht berührt, weil sie nicht wollten, dass die Mädchen Fragen stellten, und sie hatte ihn vermisst, obwohl sie im selben Haus gewesen waren.

„Was sollen wir tun, um diesen erfolgreichen Tag zu feiern?", murmelte er ein paar Minuten später in ihre Haare.

Sie legte den Kopf schief, um in sein Gesicht zu sehen. „Heißt das, du hast keinen Plan?"

Er küsste ihre Lippen, bevor er antwortete. „Nun, doch, das habe ich, aber …"

„Erkläre ihn mir", verlangte sie.

Er beugte sich näher zu ihr und flüsterte in ihr Ohr. Seine Beschreibung dessen, was er mit ihr unter der Dusche machen wollte, war intim und detailliert genug, um sie erröten zu lassen. Sie konnte sich keine schönere Art vorstellen, ihren gemeinsamen Abend zu verbringen, also ergriff sie seine Hand und führte ihn die Treppe hinauf.

KAPITEL ZWÖLF

K enton ging unruhig durch das Haus und putzte auch dort, wo kein Schmutz war. Er war es leid, im Haus festzusitzen, und sogar ein bisschen neidisch, weil Mia immer noch zur Arbeit ging. Sie hatte an diesem Tag früh angefangen und als sie um drei Uhr morgens aus seinen Armen geschlüpft war, hatte sie geflüstert, dass sie bis Mittag zu Hause sein würde. Er hatte ihre Wärme und ihren kurvigen Körper neben seinem sofort vermisst.

Die Nächte waren der beste Teil der letzten fünf Tage gewesen. Sie hatten sie in seinem Bett verbracht. Sie hatten sich angewöhnt, früh ins Bett zu gehen, um sich zu lieben und zu reden, bis sie einschliefen. Er konnte sich nicht beschweren, aber das ständige Warten musste ein Ende haben. Er fühlte sich eingesperrt und dachte, dass es den Mädchen genauso ging. Er hatte sie in den Garten gelassen, aber sonst nirgendwohin, aus Angst, dass ihnen etwas passieren könnte.

„Ich bin zu Hause", rief Mia an der Tür.

Gott sei Dank, war Kentons unmittelbare Reaktion, als die Mädchen losliefen, um ihre Tante zu begrüßen. Sie hob jedes von ihnen hoch und küsste ihre Wangen. Er hätte sie auch gern geküsst, aber sie achteten immer noch darauf, Zuneigungsbekundungen vor den Kindern auf ein Minimum zu beschränken.

„Wie war dein Tag?", fragte sie ihn mit einem Lächeln.

„Nichts, worüber man sich beschweren könnte", antwortete er, aber ihre Augen sahen ihn zweifelnd an. Sie war nicht ganz überzeugt. „Ich muss etwas in meinem Arbeitszimmer erledigen. Könntest du …"

„Sicher. Kommt, Mädchen. Ich will euch von dem süßen Hund erzählen, den ich heute gesehen habe." Sie brachte sie ins Wohnzimmer und ließ ihn an der Haustür stehen.

Er schüttelte das Gefühl der Unzufriedenheit ab und ging in sein Arbeitszimmer. Sein Kommandant hatte ihm ein Update versprochen, obwohl es Samstag war. Kenton hatte gerade genug Zeit, um sich in den Video-Chat einzuloggen, bevor es losging. Er begrüßte Patrick und Anderson kurz und wandte seine Aufmerksamkeit dann Colonel Schaffer zu, der sofort zur Sache kam.

„Wir haben herausgefunden, dass der Angriff auf Sie in einer Art Söldner-Jobbörse inseriert wurde. Leider wissen wir noch nicht, wer die Anzeige aufgegeben hat. In jedem Fall wird der Job momentan erneut aufgelistet, sodass wir davon ausgehen, dass die ursprüngliche Truppe gescheitert ist und er jetzt anderen Söldnertruppen zur Verfügung steht. Wer auch immer hinter Ihnen her ist, hat den Preis, den er zu zahlen bereit ist, erhöht und es scheint ihm ernst zu sein. Der Job kommt jetzt mit einem richtigen Kopfgeld."

Kenton holte tief Luft und versuchte, nicht bestürzt auszusehen. Wenn ein Kopfgeld auf jemanden ausgesetzt wurde, bedeutete das normalerweise, dass die Söldner den Betreffenden töten oder gefangen nehmen sollten. Wollten sie nur ihn? Oder waren Mia und die Mädchen ebenfalls in Gefahr?

„Haben Sie Details, Colonel?", fragte er, als er sich erholt hatte.

„Nein, Captain, und ich weiß, was Sie denken. Es ist immer noch am sichersten, die Frau und die Kinder vorerst bei Ihnen zu lassen. Die gute Nachricht ist, dass der Vertrag für den Job laut unseren neuesten Erkenntnissen noch von niemandem unterzeichnet worden ist. Das gibt Ihnen etwas Luft zum Atmen, aber werden Sie nicht nachlässig." Der Colonel wandte seine Aufmerksamkeit Anderson und Patrick zu. „Gentlemen, Sie müssen anfangen, Wachdienst zu leisten. Sie können sich allerdings zurückhalten, bis wir die Bestätigung haben, dass jemand den Vertrag unterzeichnet hat. Es wird wahrscheinlich nicht lange dauern. Alles in Ordnung, Fitzpatrick?"

„Ja, Sir." Kenton bewahrte Haltung. „Ich weiß die Informationen zu schätzen."

„Bleiben Sie in Kontakt", sagte der Colonel und beendete den Video-Anruf.

„Scheiße", murmelte Kenton. „Scheiße, scheiße, scheiße." Das war die schlimmste Nachricht, die er hätte bekommen können. Der einzige Hoffnungsschimmer war, dass zumindest an diesem Tag niemand versuchen würde, sie anzugreifen … wahrscheinlich. Es war nur ein kleiner Trost. Sollte er Mia sagen, wie ernst ihre Situation war? Er würde es wahrscheinlich tun müssen, weil sich einiges ändern musste.

Das Geschrei kleiner Mädchen ertönte vor seinem Arbeitszimmer. Selbst die schwere Eichentür konnte den Lärm nicht ganz fernhalten. Der Türknauf drehte sich und er hörte Mias Stimme.

„Nein, Emma, störe ihn nicht."

„Ich will Kenton." Trotz seiner schlechten Laune lächelte er fast. Man konnte sich darauf verlassen, dass Emma hartnäckig war. Er musste zugeben, dass er ihre Entschlossenheit liebte, genauso wie Avas Sanftmut. Beide Mädchen waren auf ihre Art bezaubernd. Und ihre Tante war am bezauberndsten.

„Es ist okay. Ihr könnt hereinkommen", rief er durch die Tür.

„Tut mir leid“, sagte Mia und kam mit beiden Mädchen zu ihm. „Sie sind heute unruhig.“

„Das sind sie schon, seit sie aufgestanden sind“, sagte er.

„Vielleicht könnten wir einen Spaziergang im Park machen“, schlug Mia vor. „Draußen ist es wunderschön und sie sind kaum …“ Sie verstummte und betrachtete ihn genau. Emma streckte ihre Arme zu ihm aus. Er hob sie auf sein Knie, während er Avas Haare streichelte, aber Mia musste etwas in seinen Augen gesehen haben. „Was ist los, Kenton?“

„Es gibt nichts Neues“, sagte er. Sein Instinkt sagte ihm seit dem ersten Angriff, dass jemand ihnen Schaden zufügen wollte und sich nicht damit zufriedengeben würde, sie nur zu erschrecken.

„Okay, aber du siehst aus, als ob …“

„Draußen“, sagte Emma und zerrte an seinem Arm. „Wir wollen nach draußen.“ Ava ergriff seine andere Hand und zog daran.

Kenton hätte Nein sagen sollen, aber er konnte sie verstehen. Er war es genauso leid, eingesperrt zu sein. Und er glaubte, dass ihnen kein unmittelbarer Angriff bevorstand. Nach dem heutigen Tag war er sich dessen nicht mehr sicher und er würde sie wieder im Haus festhalten müssen.

„Wie wäre es mit einer Spazierfahrt?“, schlug er vor. Sie konnten in seinem Truck bleiben, was ihm die Chance gab, schnell wegzukommen, wenn er vor einem Angreifer fliehen musste.

Die kleinen Mädchen jubelten aufgeregt.

„Ich packe eine Tasche“, sagte Mia und sah zufrieden aus.

„Wir werden nicht lange weg sein“, warnte er sie. Höchstens eine Stunde. Er würde eine Landstraße nehmen, sich vielleicht das bunte

Herbstlaub mit ihnen ansehen und in kürzester Zeit wieder zu Hause sein.

„Es ist gut, vorbereitet zu sein." Sie grinste ihn an und genoss es offensichtlich, ihn mit seinem stärksten Persönlichkeitsmerkmal zu konfrontieren.

„Wir treffen uns in zwanzig Minuten an der Tür", sagte er, als er aufstand und Emma auf die Füße stellte. Die Mädchen rannten davon und plauderten miteinander.

„Danke." Mia blieb stehen. „Bist du sicher, dass alles okay ist?"

Er schüttelte den Kopf, konnte aber nicht widerstehen, seine Arme für sie zu öffnen. Sie kam zu ihm, legte ihre Arme um seine Taille und lehnte ihren Kopf an seine Schulter. Er wusste nicht, ob sie Trost suchte oder gab. Auf jeden Fall war er froh darüber, sie zu halten. Nach einer Minute küsste er ihre Haare und zog sich zurück.

„Wir suchen besser die Mädchen", scherzte er, „oder sie fahren ohne uns los."

Zwanzig Minuten später saßen sie in seinem Truck und verließen die Stadt. Er hatte eine Route ausgewählt, die sie durch eine malerische Hügellandschaft und ein paar idyllische Kleinstädte führte. In seinem Kopf entwarf er eine Strecke, die ungefähr eine Stunde dauern würde. Nach ihrer Rückkehr würde er Patrick und Anderson anrufen und einen Schutzplan für sein Haus ausarbeiten. Er hasste es, seinen Freunden das anzutun, wenn sie Zeit mit ihren Familien verbringen wollten, aber er wusste, dass sie alles tun würden, um für die Sicherheit von Mia und den Mädchen zu sorgen.

„Seht nur, Mädchen, Kühe." Mia zeigte aus dem Fenster auf eine Weide. „Was machen Kühe?"

„Muh", antwortete Ava begeistert.

„Richtig. Oh, und da sind Pferde. Seht nur, wie schön sie sind."

Sie kamen an einem Zaun vorbei, hinter dem ein halbes Dutzend Pferde über eine Weide galoppierten. Kenton fuhr langsamer, damit die Zwillinge eine bessere Sicht hatten.

„Pferde!", riefen die Mädchen und freuten sich darüber, die Tiere zu sehen.

Mias Hand wanderte über den Sitz, um sein Bein zu berühren. Er griff nach unten, um ihre Finger zwischen seine zu nehmen. Diese kurze Fahrt machte die Mädchen glücklich und er fühlte sich fast wohl. Er hatte ständig den Rückspiegel im Auge behalten, aber ihnen schien niemand zu folgen.

„Was ist hier los?", fragte Mia, als sie nach einer Steigung den Rand einer kleinen Stadt erreichten. Menschen standen auf der Straße und Familien gingen in Richtung eines Parks. Auf einem Banner auf der anderen Straßenseite stand *The Country Pumpkin Patch*. „Ah, ein Festival. Können wir hier anhalten? Nur ein paar Minuten. Das würde den Mädchen so viel Spaß machen."

Er zögerte. Er wollte sie und die Zwillinge nicht enttäuschen, aber er wollte sie auch nicht gefährden.

„Anhalten, anhalten", verlangten die Kinder auf dem Rücksitz.

Als ein Auto vor ihm aus einer Parklücke fuhr, betrachtete er es als ein Zeichen des Universums und parkte dort seinen Truck. Heute Nachmittag würden sie sich amüsieren. Er half Mia, die Mädchen aus ihren Kindersitzen zu nehmen, und gemeinsam überquerten sie die Straße. Als sie das Festivalgelände betraten, mischten sie sich unter andere Familien, was Kenton aber nicht von seinem Beschützerinstinkt ablenkte.

„Da drüben kann man Kürbisse bemalen", sagte Mia und sah sich um, „und es gibt Spiele, Essen und Kunsthandwerk. Es ist für jeden etwas dabei. Wo sollen wir anfangen?"

Emma und Ava nahmen mit großen Augen alles in sich auf und wären am liebsten gleichzeitig in alle Richtungen gerannt. Kenton verstärkte seinen Griff um Emmas Hand, als sie anfing, daran zu zerren.

„Eins nach dem anderen, Kleine", sagte er zu ihr.

Mia führte sie zuerst in den Spielbereich, wo die Mädchen versuchten, einen Ring um den Stiel eines Kürbisses zu werfen, mit einem Netz in einer großen Wanne nach Äpfeln fischten und durch ein Labyrinth aus gestapelten Heuballen rannten. Es war für Kenton leicht, ihre Bewegungen von außen zu verfolgen, aber sie konnten nicht über die Ballen sehen, was das Labyrinth für sie faszinierend machte. Als ihre Wangen vor Anstrengung rosa waren, schlug Mia vor, etwas zu essen und zu trinken zu besorgen. Sie kauften köstliche Apfelkrapfen und spülten sie mit gekühltem Apfelsaft herunter.

Die einzige potenzielle Gefahr, die Kenton sehen konnte, waren die Bienen, die ebenfalls von den Süßigkeiten angezogen wurden. Er behielt die Menge im Auge, aber niemand wirkte auffällig. Alles, was er sah, waren Eltern und Großeltern mit fröhlichen kleinen Kindern.

Mia steckte sich das letzte Stück ihres Krapfens in den Mund und bückte sich, um den Mädchen den Zucker von den Händen zu wischen, was Kenton einen eindrucksvollen Blick in ihre Bluse gewährte. Ihr Körper war kurvig und schön und sie stellte ihn weder zur Schau noch versuchte sie, ihn zu verbergen, was ihm gefiel.

„Hey", sagte sie und verpasste ihm einen Klaps mit der Serviette, als sie bemerkte, wohin sein Blick gegangen war. „Das ist eine Familienveranstaltung."

„Tut mir leid, aber ich kann deiner Schönheit nicht widerstehen." Er hielt seine Stimme leise genug, um von der fröhlichen Menschenmenge um sie herum nicht gehört zu werden.

„Bald musst du das nicht mehr", sagte sie mit einem verführerischen Lächeln.

Ihm fiel auf, wie leicht es war, sich vorzustellen, dass dies alles echt war – dass sie genauso eine Familie waren wie die anderen Familien um sie herum. Die Art und Weise, wie sie zusammengekommen waren, passte nicht in seinen Lebensplan, aber er begann, sich zu fragen, wie wichtig dieser Plan überhaupt war.

„Schön." Ava zeigte auf Blumenkränze, die an einem Stand in der Nähe zum Verkauf angeboten wurden.

„Sie sind sehr hübsch", stimmte Mia ihr zu. „Wir sollten uns die Stände ansehen. Einverstanden?" Mias Frage brachte ihn zurück in die Realität.

„Wir können noch ein wenig länger hierbleiben." In diesem Moment wurde ihm klar, dass es schwierig sein würde, ihnen einen Wunsch abzuschlagen.

Eine halbe Stunde später wurde diese Theorie auf die Probe gestellt, als Mia bleiben wollte, um sich den Auftritt einer Folk-Band anzusehen. Er hatte bemerkt, dass das Festivalgelände überfüllt war und alle auf dem Weg zu einer Bühne am anderen Ende waren. Die Band musste beliebt sein.

Mia berührte seinen Arm und beugte sich näher zu ihm. Die Mädchen waren zwischen ihnen auf dem Boden.

„Ich weiß, dass du nicht lange bleiben wolltest, aber können wir uns einen Teil des Konzerts anhören?", fragte sie. „Bitte. Es war so ein schöner Tag. Ich möchte noch nicht nach Hause fahren."

Er zögerte. Sie hatten bereits zwei Stunden auf dem Festival verbracht. Aber dann sah er auf Emmas und Avas süße Gesichter hinunter und konnte nicht Nein sagen. „Also gut, wir bleiben noch ein bisschen."

Sie näherten sich dem Bühnenbereich und fanden eine Stelle im Gras, wo sie sich hinsetzen konnten. Bei den ersten beiden Liedern tanzten die Mädchen um sie herum und genossen die Musik.

„Okay, an alle Kinder da draußen“, rief der Sänger, als das nächste Lied begann, „die Band braucht eure Hilfe bei diesem Song. Wer möchte mit uns ein Instrument spielen?“ Bühnenassistenten brachten Körbe mit kleinen Trommeln, Triangeln und Rasseln.

„Dürfen wir?“, bettelte Emma.

„Warum nicht?“, antwortete Mia, bevor Kenton es konnte, aber sie sah ihn an. Er nickte zustimmend, da die Mädchen nicht außer Sichtweite sein würden.

Die Zwillinge hielten sich an den Händen und stiegen die Stufen zur Bühne hinauf. Emma ging mutig in die Mitte und holte Instrumenten für sie beide, dann nahm sie in der Nähe von Ava ihren Platz am Bühnenrand ein.

„Oh, sie sind so süß“, rief Mia und kramte in ihrer Umhängetasche. „Wo ist mein Handy? Ich muss ein Foto machen. Würdest du in der Wickeltasche nachsehen?“

Die Wickeltasche war ein Rucksack, den Kenton getragen hatte. Er öffnete das größte Fach, spähte hinein und wühlte darin herum.

„Oh, hier ist es ja“, sagte sie aufgeregt. „Ich muss es übersehen haben.“

Kenton sah Mias Profil, als sie sich wieder auf die Bühne konzentrierte. Ihr Unterkiefer klappte herunter und sie sprang auf die Füße. Er wandte seine Aufmerksamkeit der Stelle zu, an der die Zwillinge sein sollten, und ihm wurde schlecht. Ava war nicht mehr da.

„Ava ist weg!“ Mia rannte zur Bühne, aber er blieb, wo er war, und betrachtete die Menge. Wenn jemand das Mädchen gepackt hatte, konnte er nicht weit gekommen sein. Mit zusammengekniffenen Augen suchte er nach Avas blonden Locken und ihrer rosa Jacke. Er warf einen Blick auf Mia, die die weinende Emma erreichte und hochhob.

Ein Zwilling war in Sicherheit. Er ging auf den einzigen Durchgang zum Bühnenbereich zu. Die Seiten waren mit Heuballen eingezäunt.

Ein Erwachsener könnte leicht darübersteigen, aber es würde Aufmerksamkeit erregen. Kenton hielt Ausschau nach jemandem, der versuchte, wie ein Elternteil auszusehen, während er den Ausgang ansteuerte. So würde er vorgehen, wenn er versuchen würde, ein Kind auf einem Festival zu entführen.

Kenton lief über das Festivalgelände und sein Kopf drehte sich hin und her, als er weitersuchte. Bei dem Gedanken, dass Ocampa dahinterstecken musste, stieg seine Pulsfrequenz. Ein Kind zu entführen sah ihm ähnlich. Kenton durfte jetzt nicht darüber nachdenken. Er hatte eine Mission zu erfüllen.

„Verdammt, hier sind so viele Kinder", murmelte er, aber er ließ seinen Blick weiterschweifen. Seine Konzentration zahlte sich aus, als er bemerkte, wie zwanzig Meter vor ihm etwas Rosafarbenes aufblitzte. Ein Mann in Jeans und einem Kapuzenpullover trug ein weinendes Kind zum Parkplatz. „Scheiße." Wenn sie ein Fahrzeug erreichten, würde es Kenton verdammt schwerfallen, sie einzuholen.

Kenton stürmte los und bemerkte vage, dass die Leute vor ihm zur Seite wichen, bis er nur noch wenige Meter von dem Mann entfernt war.

„Halt! Lassen Sie sie herunter!", schrie Kenton mit dröhnender Stimme. Wie erwartet erstarrte und verstummte die Menge um ihn herum. „Das ist eine Entführung!"

Der Mann richtete seine Aufmerksamkeit auf Kenton, der immer näherkam. Kenton sah, wie er seine Optionen abwägte. Er konnte das Kind loslassen und möglicherweise entkommen oder bleiben und am Ende gegen Kenton kämpfen. Der Mann öffnete die Arme und ließ Ava auf den Boden fallen, bevor er zu einem weißen Lieferwagen rannte.

Kenton wollte den Kerl jagen und ihn verprügeln, aber Ava lag schluchzend auf dem Boden. War sie verletzt? Oder hatte sie nur Angst? Kenton hob sie hoch, rieb ihren Rücken und murmelte beruhigende Worte. Er blickte rechtzeitig auf, um das Nummernschild des Lieferwagens zu sehen, bevor er auf die Straße fuhr und davonraste.

„Es ist okay, Kleine", sagte er. „Ich habe dich." Avas kurze Arme schlangen sich um seinen Hals, während sie an seiner Schulter schluchzte.

Eine Hand berührte seinen Arm. „Alles in Ordnung, Mister? Hat dieser Kerl versucht, Ihr Kind mitzunehmen?"

„Ja, es geht uns gut. Danke", sagte Kenton zu dem Mann, der sich ihm genähert hatte.

„Ich hätte nicht erwartet, dass so etwas hier passiert." Der Mann wirkte fassungslos.

„Sorgerechtsstreit", sagte Kenton, um die Situation zu entschärfen. So etwas konnte hässlich werden und zu Entführungen durch den einen oder anderen Elternteil eskalieren. Er wollte nicht, dass wegen eines scheinbar zufälligen Entführungsversuchs Panik auf dem Festival ausbrach. Nichts davon war zufällig gewesen und die anderen Festivalbesucher hatten nichts zu befürchten.

„Hast du sie?" Mia, die Emma trug, eilte herbei. „Gott sei Dank. Geht es ihr gut?"

„Ich denke, sie hat nur Angst", sagte Kenton und tauschte die Zwillinge mit Mia. Emma weinte auch, aber Ava brauchte Trost, den ihr nur ihre Tante geben konnte. „Wir müssen weg von hier."

„Ja, sofort", stimmte Mia ihm zu.

Sie machten sich auf den Weg zu seinem Truck. Nachdem die Mädchen und Mia eingestiegen waren, nahm er sich eine Minute Zeit, um unter dem Wagen nach einem Ortungsgerät zu suchen. Niemand war ihnen gefolgt, dessen war er sich sicher, aber jemand hatte gewusst, wo sie waren. Es dauerte nicht lange, bis er einen kleinen Tracker an einem Kotflügel fand.

„Verdammt." Kenton hätte sich selbst einen Tritt versetzen können. Der Tracker war noch nicht einmal gut versteckt, aber er hatte nicht daran gedacht, seinen Truck zu überprüfen. Er riss ihn ab und nahm die winzige Batterie heraus, die ihn mit Strom versorgte. Alles in ihm wollte das Ding zertreten, aber er tat es nicht. Die Identifizierung des Herstellers könnte ihm Hinweise darauf geben, wer es dort platziert hatte, also steckte er es in seine Tasche.

Als er in den Truck stieg, saß Mia auf dem Rücksitz zwischen den Mädchen. Niemand weinte mehr, aber die Atmosphäre war voller Angst.

„Es tut mir leid, Mia", sagte er und startete den Motor.

„Das war nicht deine Schuld." Ihre Finger berührten seine Schulter, aber er zuckte zurück.

„Doch, das war es", murmelte er, als er auf die Straße abbog und nach Hause fuhr.

KAPITEL DREIZEHN

Als sie zu Hause ankamen, war Kenton unentschlossen, ob er Mia und die Mädchen sofort ins Haus bringen oder sich die Zeit nehmen sollte, zu überprüfen, ob es dort sicher war. Als er erkannte, dass er sie nicht in der Einfahrt warten lassen konnte, brachte er sie ins Hauptschlafzimmer und forderte sie auf, dort zu bleiben.

Eine Durchsuchung des Hauses, gefolgt von einer Überprüfung des Sicherheitssystems, ergab nichts, also kehrte er ins Schlafzimmer zurück. Mia legte ihren Finger auf ihre Lippen, als er die Tür öffnete. Beide Mädchen schliefen zusammengerollt auf dem Bett. Sie sahen süß und zerbrechlich aus und erinnerten ihn wieder an die schwere Last seiner Verantwortung.

„Ich muss mich bei meinem Team melden", sagte Kenton mit leiser Stimme, als Mia ihren Kopf an seine Brust lehnte. Er hielt sie eine Minute lang fest, bevor er sich von ihr löste. Bevor er den Raum verließ, öffnete er seine oberste Kommodenschublade und zog eine Trillerpfeife heraus. „Hier, falls du mich brauchst."

„Ich bin sicher, dass das nicht notwendig ist", sagte sie und hob ihr Gesicht zu seinem, sodass er sah, wie besorgt ihre Augen waren. Später würde er sie trösten, so gut er konnte, aber zuerst kamen seine Pflichten.

„Behalte sie einfach bei dir." Er drückte sie in ihre Hand und machte sich auf den Weg zu seinem Arbeitszimmer, um seinen Computer hochzufahren. Sein Plan war, zuerst seinen Kommandanten zu kontaktieren, aber eine E-Mail von einem unbekannten Absender erregte seine Aufmerksamkeit. Die Betreffzeile lautete *Nächstes Mal*. Mit einem schlechten Gefühl öffnete er die E-Mail. Sie enthielt einen Satz.

Bald wird es uns gelingen, Ihnen alle Menschen wegzunehmen, die Ihnen am Herzen liegen.

Die Nachricht, die zwanzig Minuten zuvor eingetroffen war, ließ keinen Spielraum für Interpretationen. Ein Ruck ging durch Kentons Herz. Als Mia und die Mädchen zum ersten Mal bedroht worden waren, hatte er Distanz und Objektivität gehabt. Sie waren für ihn kaum mehr als Fremde gewesen. Nachdem er mit ihnen zusammengelebt hatte und ihnen emotional nähergekommen war, erkannte er, dass sie ihm etwas bedeuteten. Sie waren vorübergehend in seinem Leben und weder er noch Mia erwarteten mehr, aber er wollte verdammt sein, wenn sie verletzt wurden, während sie unter seinem Schutz standen.

Er zügelte seine Wut und loggte sich in das gesicherte System ein, um mit seinem Kommandanten zu sprechen und ihm zu berichten, was an diesem Nachmittag passiert war. Als Nächstes leitete er die E-Mail an die Techniker der Navy weiter, damit sie versuchen konnten, sie nachzuverfolgen. Er hielt es für zwecklos, aber man konnte nie wissen.

Schließlich sah er sich das Sicherheitssystem seines Hauses noch einmal genau an und suchte nach Möglichkeiten, es zu verbessern. Er stellte die Kamerawinkel neu ein und änderte die Zugangscodes. Als er alles Erdenkliche getan hatte, machte er sich auf die Suche nach Mia und fand sie in dem Hauswirtschaftsraum neben der Küche. Die Mädchen saßen ein paar Meter entfernt in ihren Hochstühlen und waren mit ihrem Abendessen beschäftigt.

„Noch mehr Wäsche?“ Es schien endlos.

„Unfall“, sagte sie, als sie Weichspüler in die Waschmaschine schüttete. „Bei beiden.“

„Was? Auf keinen Fall.“ Er hielt seine Stimme gesenkt. „Es ist so gut gelaufen.“ Konnte heute nichts richtig funktionieren?

„Der Tag war traumatisch.“ Mia schaltete die Waschmaschine ein. „Und ich habe dir gesagt, dass wir uns damit abfinden müssen, dass es Unfälle geben wird.“

„Dafür gibt es keinen Grund“, beharrte er.

Mia seufzte. „Kenton, du darfst beim Toilettentraining nicht so streng sein. Solche Dinge passieren einfach.“

Das war ihre Theorie, aber er hatte ziemlich effektiv bewiesen, dass er mit dem Timing recht gehabt hatte. Die Mädchen waren bereit und bis heute waren sie erfolgreich gewesen.

Er fuhr mit der Hand durch seine Haare. Vielleicht sollte er sich jetzt keine Sorgen darüber machen, wenn sie größere Probleme hatten. Mia lehnte sich mit verschränkten Armen gegen den Trockner und er vermutete, dass sie das Gleiche dachte.

„Hast du etwas Neues erfahren?“ Sie sah müde und besorgt aus.

„Nicht viel“, sagte er und entschied sich dafür, die Sache mit der E-Mail für sich zu behalten. „Aber wir können davon ausgehen, dass wir ständig beobachtet werden.“

„Mit mehr als einem Tracker an deinem Truck?“ Sie musste die Antwort auf ihre Frage bereits wissen.

„Viel mehr, vermute ich“, sagte er. „Wir müssen vorsichtig sein, Mia. Sehr vorsichtig.“

„Tante Mia“, schrie eines der Mädchen. „Komm her.“

„Ich bin gleich da, Süße“, rief Mia, als sie sich von dem Trockner abstieß.

Er umfasste ihren Arm, als sie an ihm vorbeiging. „Wir reden später weiter.“

„Sicher“, sagte sie und schenkte ihm ein halbherziges Lächeln.

Sobald sie weg war, klingelte sein Handy und er blickte auf den Bildschirm. Seine Mutter. Er war nicht in der Stimmung, aber sie würde einfach weiter anrufen, wenn er sie ignorierte.

„Hi, Mom“, sagte er.

„Kenton. Ich bin froh, dass ich dich erwischt habe“, sagte sie. „Dein Vater und ich haben darüber nachgedacht, dich zu besuchen.“

„Das ist kein guter Zeitpunkt“, antwortete er. Das Letzte, was er wollte, war, seine Eltern in dieses Chaos hineinzuziehen. Sie hatten ein gutes Sicherheitssystem in ihrem Haus, aber er würde sich bei seinem Kommandanten erkundigen, ob sie zusätzlichen Schutz bekommen konnten. Vielleicht könnte zumindest die örtliche Polizei ihre Patrouillen in der Nachbarschaft seiner Eltern verstärken. „Es tut mir leid, aber die Lage ist kompliziert.“

„Wie meinst du das?“ Sofort klang ihre Stimme alarmiert.

„Ich würde es vorziehen, nicht näher darauf einzugehen.“ Er hoffte, dass das ausreichen würde, um seine Mutter zufriedenzustellen.

„Sind Mia und die Mädchen noch bei dir?“

„Ja, sie sind hier und es geht ihnen gut“, sagte er. „Wir sind gerade sehr beschäftigt damit, den Mädchen beizubringen, aufs Töpfchen zu gehen.“ Das war nur die halbe Wahrheit, aber in der gegenwärtigen Situation war es gut genug.

„Das kann eine Herausforderung sein“, sagte seine Mutter mitfühlend. „Aber ich verstehe nicht, warum …“

„Nach dem, was ich gelesen habe, ist es am besten, ihre Routine in der Anfangsphase nicht zu stören." Das war nicht gelogen, er hatte es wirklich gelesen.

„Sicher, das kann ich nachvollziehen", stimmte sie ihm zu, „aber wir möchten euch alle bald zum Abendessen einladen."

Er wollte sagen, dass er, Mia und die Mädchen keine Familie waren, und hoffte, dass seine Mutter nicht in diese Richtung dachte.

„Das hört sich gut an, Mom. Ich muss gehen. Grüße Dad von mir", sagte er und legte auf. Seine Mutter würde denken, dass er sich seltsam verhielt, und sie würde damit recht haben. Aber er hatte es schließlich ihr zu verdanken, dass Mia und die Kinder in seinem Haus wohnten. Was seine Mutter mit ihrer verdammten Hilfsbereitschaft allerdings nicht hatte voraussehen können, war die Gefahr, in die sie seine Gäste unabsichtlich gebracht hatte.

„Gewonnen!", verkündete Kenton, als er die Stufen herunterkam, nachdem er die Zwillinge ins Bett gebracht hatte.

„Wie das? Schlafen sie schon?" Mia kämpfte sich von der Couch hoch, auf die sie erschöpft gefallen war, nachdem sie die Wäsche fertig gemacht und nach dem Abendessen die Küche aufgeräumt hatte. Der Tag war emotional anstrengend gewesen und sie konnte kaum die Augen offenhalten.

„Nicht ganz, aber Emma hat in das Töpfchen gekackt." Er klang sehr zufrieden mit diesem Erfolg.

„Das ist gut", sagte sie und täuschte Begeisterung vor. Es war unmöglich, von irgendetwas begeistert zu sein, wenn sie über den Tag nachdachte. Sie hatte Ava fast verloren. Was wäre, wenn sie ihre schüchterne, süße Nichte niemals wiedergesehen hätte? Mia schauderte. Sie hatte schon so viele Angehörige verloren. Ihre Eltern, ihre Schwester und ihren Schwager. Bei dem Gedanken daran, dass einem der Zwillinge etwas zustoßen könnte, wurde ihr schlecht.

„Es ist fantastisch", sagte er. Anscheinend nahm er ihre Stimmung nicht wahr. „Wir sind fast am Ziel."

„Kenton", sagte sie ernst. „Ich freue mich auch darüber, aber … heute …" Sie kniff die Augen zusammen und versuchte, die widerliche Angst, die sie erfasste, zu verdrängen.

„Ich weiß, Süße, aber Ava ist nichts passiert."

„Heute nicht." Sie öffnete die Augen und sah ihn an. „Heute Abend vielleicht auch nicht. Aber was ist mit morgen? Weißt du, wer hinter uns her ist und warum? Wo wird das enden?"

Er setzte sich neben sie auf die Couch und weil er schwerer war, rutschte sie zu ihm, aber sie wich zurück, als er versuchte, seinen Arm um ihre Schultern zu legen. Einige Minuten vergingen schweigend, bevor er sprach. „Jemand hat Söldner auf uns angesetzt."

Söldner? Passierte so etwas nicht nur in Filmen? „Uns? Die Mädchen und ich haben nichts damit zu tun …"

„Ich weiß, aber ihr wohnt in meinem Haus und wir sind beobachtet worden", sagte er. Sie konnte an der Art, wie sich sein Kiefer anspannte, sehen, dass er es hasste, das zuzugeben. „Sie haben uns beide zusammen und mich mit den Mädchen gesehen und ihre Schlüsse gezogen. Ich habe heute per E-Mail eine Drohung erhalten, als wir nach Hause gekommen sind."

„Oh Gott", flüsterte sie und bedeckte ihr Gesicht mit ihren Händen. „Ich dachte, die Lage wäre schlimm, aber das …" Sie wusste, dass ihre Worte gedämpft waren, aber sie wollte nicht, dass er die Tränen in ihren Augen sah.

„Hey, ich bin genauso besorgt wie du", sagte er leise und zog ihre Hände von ihrem Gesicht, „aber wir werden das zusammen durchstehen."

Sie blinzelte die Tränen zurück. „Glaubst du wirklich?"

„Ja. Patrick und Anderson werden abwechselnd die Umgebung überwachen. Das sorgt für zusätzliche Sicherheit. Ich weiß, dass es sich schrecklich anfühlt, untätig herumzusitzen, aber vertrau mir. Alles wird gut."

Mia holte tief Luft und versuchte, ihre Nerven zu beruhigen. Sie wusste, dass sie in dieser Situation seinem Urteil vertrauen musste, da sie völlig überfordert war, aber es war schwierig, von ihm abhängig zu sein. So war sie nicht. Sie nahm die Dinge, wie sie kamen, und fand ihren Weg im Allgemeinen allein. Aber jetzt hatte sie ihn an ihrer Seite, auch wenn es nur vorübergehend war.

Kenton beobachtete sie genau. Als sie seinen Augen begegnete, hob er ihre Hände an seine Lippen und küsste ihre Handflächen. Die Berührung sandte eine Welle der Begierde durch sie.

„Komm mit mir ins Bett", sagte er. „Lass uns etwas tun, bei dem du deine Sorgen vergisst."

Trotz ihrer Ängste lachte sie. Immerhin hatten sie das. Im Bett lief es großartig. Vielleicht könnte sie den Tag für eine Weile vergessen, wenn sie sich liebten.

„Okay", sagte sie und stand auf.

„Warte. Planänderung." Er zog sie wieder zu sich. „Hier ist auch ein guter Ort."

„Im Wohnzimmer?" Das überraschte sie. Er hatte bestimmte Vorstellungen. Sex auf der Couch passte nicht zu dem, was sie über ihn wusste.

„Auf dem Boden. Ich will dich jetzt." Das konnte sie sehen. Sein Gesicht war gerötet und die Wölbung in seiner Jogginghose wurde immer größer. „Steh auf und zieh dich aus."

„Ist das ein Befehl?" Sie hob fragend die Augenbrauen und gab vor, schockiert zu sein, aber tief in ihrem Bauch flammte Verlangen auf.

„Ja." Er stand auf und riss sich mit erstaunlicher Geschwindigkeit die Kleider vom Leib.

Also gut, dachte sie. Zwei konnten dieses Spiel spielen. Auch sie zog sich aus, stemmte die Hände in die Hüften und betrachtete ihn. Er war definitiv bereit. Seine Erregung war unübersehbar. „Was jetzt?"

„Nimm mich in deinen Mund." Sein Blick forderte sie heraus. Er wusste, dass sie ihn nicht zurückweisen würde, weil sie ähnliche Vorlieben hatten. Das hatten sie in ein paar fast schlaflosen Nächten herausgefunden, aber das war im Bett gewesen … außer der denkwürdigen Episode unter der Dusche. Diesmal wollte er etwas anderes von ihr.

Okay, das konnte sie ihm geben. Sie schnappte sich ein Sofakissen und warf es zu seinen Füßen auf den Boden, bevor sie auf die Knie fiel. Dann legte sie ihre Finger auf seine Knöchel, fuhr langsam mit ihren Händen über seine Beine und spürte seine Muskeln und seine Kraft. Er stand regungslos da, aber als sie aufblickte, waren seine Augen fest auf sie gerichtet.

Ihre Hände wanderten zu seinem Hintern und umklammerten ihn fest. Erst dann berührte sie seinen Schwanz mit ihren Lippen. Er stöhnte, blieb aber still, als sie ihre Zunge um die Spitze bewegte. Sie nahm mehr von ihm in den Mund, genoss die harte Länge und lauschte. Er stöhnte leise, aber sie wollte ihn dazu bringen, mehr aus sich herauszugehen. Sie saugte fester, nahm ihn tiefer in sich auf und war begeistert, als er nach Luft schnappte und sich gegen sie drückte. Oh ja. Ihre Wirkung auf ihn war unbestreitbar. Wenn er leidenschaftlichen Sex wollte, sollte er ihn bekommen. Sie wiederholte die Aktion und kratzte diesmal leicht mit den Zähnen über seinen Schwanz.

„Himmel", murmelte er. „Kein Mann könnte dabei lange durchhalten."

„Willst du schon aufgeben?" Sie lächelte ihn an und streckte sich träge zu seinen Füßen auf dem Boden aus. Seine Augen waren auf sie gerichtet und sie spürte, wie Hitze in ihr aufstieg. „Willst du nur zusehen oder …" Sie berührte ihre Brustwarzen, während sie sprach, wohl wissend, dass es ihn erregen würde. Er war sofort bei ihr auf dem Boden und sein Mund ging dorthin, wo ihre Finger gewesen waren.

„Ich will dich so sehr", sagte er, als er sich ihrer anderen Brust zuwandte. Seine Hände strichen über ihren Bauch und ihre Oberschenkel, bis sie sich mit jeder Faser ihres Körpers nach ihm sehnte. Sie wollte ihn mehr, als sie in Worte fassen konnte.

Es dauerte nicht lange, bis er sich ein Kondom übergestreift hatte und sich zwischen ihren Beinen niederließ. Plötzlich hielt er inne und schien jeden Zentimeter von ihr zu betrachten, fast als wollte er sich ihren Körper einprägen. Sie konnte seine Stimmung nicht richtig deuten und der Moment war zu schnell vorbei, um zu erkennen, was er fühlte.

Und dann war er in ihr und bewegte sich mit einem stetigen Rhythmus, der sie mitriss. Sie spannte ihre Beine um ihn an und wölbte ihm ihren Körper entgegen, während ihre Hände sich in die Muskeln seines Rückens gruben. Der intensivste Orgasmus ihres Lebens erschütterte sie und sie schrie seinen Namen, bevor sein Mund ihre Lippen bedeckte und sie spürte, wie sich seine Bauchmuskeln anspannten, als auch er Erlösung fand.

Er legte sich so neben sie, dass ihre Körper sich nicht mehr berührten, während sie wieder zu Atem kamen. Sie wollte im Arm gehalten werden und sich an ihn schmiegen, aber das fühlte sich nicht richtig an, also blieb sie, wo sie war, und war unsicher, was zwischen ihnen geschah.

Plötzlich stand er auf und griff nach seiner Hose. „Ich muss das Sicherheitssystem überprüfen. Wir sehen uns oben, in Ordnung?"

Er wartete nicht auf eine Antwort und verließ den Raum. Als sie sich in eine sitzende Position hochkämpfte und ihr Oberteil fand, wollte sie sagen, dass es nicht in Ordnung war. Sie war nicht in Ordnung. Sicher, sie war körperlich befriedigt, aber sie fühlte sich, als wäre sie weggestoßen worden.

Ihre Verbindung zu Kenton schien schwächer geworden zu sein, nicht stärker, wie es nach einer so intimen Begegnung sein sollte.

KAPITEL VIERZEHN

Zwei Tage später, als Mias Wecker klingelte, legte sich Kentons Arm über ihren Körper. Er war schläfrig, warm und sanfter als sonst, und das gefiel ihr. Zumindest im Bett war er ganz auf sie konzentriert. Ansonsten wurde seine Aufmerksamkeit von ihrer Situation abgelenkt, was sie frustrierend fand, weil sie sich abgewiesen fühlte.

„Kein Grund, so früh aufzustehen", murmelte er in ihr Ohr.

„Ich muss zur Arbeit", flüsterte sie benommen. „Donuts machen sich nicht selbst."

Die Wahrheit war, dass sie sich darauf freute, für ihre Schicht aus dem Haus zu kommen, weil sie hoffte, dass die Normalität der Arbeit ihren Stress abbauen würde. Sie hatten den Vortag in höchster Alarmbereitschaft verbracht und Kenton war jedes Mal nervös geworden, wenn sie oder eines der Mädchen sich einem Fenster oder einer Tür näherte. Das war kein Leben.

„Heute schon." Er verstärkte seinen Griff um sie. „Du gehst nicht dorthin."

„Wer will mich aufhalten? Du?" Sie schlug ihm spielerisch auf die Schulter und dachte, er würde scherzen.

„Mia", sagte er mit ernster Stimme. „Ich habe gestern Abend mit deinem Chef gesprochen. Du bist beurlaubt."

„Wie bitte?" Sie rollte sich von ihm weg und machte die Lampe auf dem Nachttisch an.

„In der Bäckerei bist du nicht in Sicherheit", erklärte er, „und ich kann nicht dort sein, um dich zu beschützen, und gleichzeitig hier bei den Mädchen."

„Also hast du die Entscheidung für mich getroffen." Ein Anflug von Schuldbewusstsein zog über sein Gesicht, aber es hielt nicht lange an. Er fühlte sich nicht schlecht deswegen. Nicht wirklich. „Ich kann nicht glauben, dass du das getan hast. Ich arbeite gern in der Bäckerei."

„Ich weiß und du kannst zurückkommen, sobald dieses Chaos vorbei ist. Dein Chef hat mir sein Wort gegeben." Er versuchte, nach ihr zu greifen, aber sie wich ihm aus und stand auf. Sie wollte nicht nackt mit ihm streiten, also griff sie nach ihrem Morgenmantel und zog ihn fest um sich.

„Das hättest du mir letzte Nacht sagen können. Warum hast du es nicht getan?", wollte sie wissen. Seine Lippen pressten sich zusammen und er sah weg. Ha! Er hatte nicht gewollt, dass sie wütend auf ihn war. Nun, Pech gehabt. „Ich dusche jetzt. Keine Sorge, ich schließe die Badezimmertür ab!"

Sie stürmte ins Badezimmer und duschte lange und heiß, während die Wasserströme die Tränen der Frustration von ihren Wangen wischten. Oh, sie verstand, warum sie nicht zur Arbeit gehen konnte. Sie war nicht dumm. Jederzeit konnte jemand durch die Hintertür in die Bäckerei gelangen. Aber musste sich Kenton wie ein Diktator benehmen? Hätten sie nicht zu einem anderen Zeitpunkt als vier Uhr morgens darüber reden können?

Als sie zurück ins Schlafzimmer ging, war er weg, also setzte sie sich auf die Bettkante. Sie musste sich an seine Regeln halten, bis diese Situation vorbei war, und dann … daran konnte sie jetzt noch nicht denken.

Sie ging in die Küche, schaltete die Kaffeemaschine ein und holte Zutaten aus den Schränken. Wenn sie bei der Arbeit nicht backen konnte, würde sie es hier tun. Als Kenton die Zwillinge zum Frühstück brachte, hatte sie Muffins mit Schokoladenstückchen und Zitronen-Mohn-Muffins gebacken und ihre Laune hatte sich gebessert.

Während sie ein paar Muffins viertelte und mit Butter bestrich, setzte Kenton die Mädchen in ihre Hochstühle und brachte ihnen Tassen mit Milch.

„Hast du Hunger?“, fragte sie ihn. Er war verschwitzt, also nahm sie an, dass er im Keller gewesen war, wo er sich einen Fitnessraum einge-richtet hatte.

„Wenn du etwas übrig hast.“ Er sah sie zögernd an.

Sie deutete auf die Muffins, die auf der Theke abkühlten. „Bediene dich.“

„Mia, es tut mir wirklich leid, aber …“

„Ich weiß.“ Sie hob eine Hand. „Es war die einzige Option. Aber bitte vergiss nicht, dass ich auch erwachsen bin und es verdient habe, in solche Entscheidungen einbezogen zu werden.“ Das waren die Worte, die ihr beim Backen der Muffins ständig im Kopf herumge-gangen waren. Jetzt, da sie sie ausgesprochen hatte, ließ ihre Wut nach.

„Es wird nicht wieder vorkommen“, sagte er, als er drei Muffins von der Theke nahm und auf einen Teller legte.

Sie glaubte nicht ganz daran, aber sie nahm seine Entschuldigung trotzdem an. Wenn sie nicht arbeitete, musste sie sich im Haus beschäftigen, und das bedeutete mehr Zeit in der Küche. „Ich backe, wenn ich gestresst bin. Was ist dein Lieblingsdessert?"

Er zögerte wieder. Anscheinend zweifelte er an der Aufrichtigkeit ihres Angebots. „Ich liebe Kuchen."

„Okay. Also ein Kuchen. Ich habe Kirschen im Gefrierschrank. Was ist sonst noch auf dem Plan heute?" Sie hoffte, er würde Zeit mit den Mädchen verbringen. Am Vortag war er in Online-Meetings vertieft gewesen und hatte sie kaum gesehen. In der kurzen Zeit, seit sie alle zusammenwohnten, hatten sich die Zwillinge daran gewöhnt, seine Aufmerksamkeit zu haben, was bedeutete, dass sie oft nach ihm fragten. Sie hatte gestern ständig Ausreden für ihn finden müssen.

„Ich habe in einer Stunde ein Meeting mit meinem Team", sagte er, „und während die Kinder ihr Nickerchen machen, möchte ich dir ein paar Verteidigungstechniken zeigen."

Sie blinzelte ihn an. Erwartete er ernsthaft, dass sie so etwas brauchte? Anscheinend ja. Sein Gesicht war todernst und sein Kiefer war angespannt. Okay, es würde ihr nicht schaden, mehr über Selbstverteidigung zu lernen. Sie hatte vor Jahren einen Kurs belegt, daher war eine Auffrischung wahrscheinlich eine gute Idee. Sie nickte zustimmend und wandte ihre Aufmerksamkeit den Mädchen zu. Als sie zurückblickte, war er weg.

Während des ganzen Vormittags befolgte sie mühelos den Zeitplan, den Kenton für die Zwillinge aufgestellt hatte, und nutzte das Kuchenbacken dazu, den Mädchen beizubringen, wie man Zutaten abwog. Sie musste zugeben, dass der Tag durch den Plan reibungsloser verlief. Nicht, dass sie am Nutzen einer freiheitlichen Erziehung zweifelte. Kinder sollten die Wahl haben. Aber sie entschied, in welchen Bereichen. Am Nachmittag waren die Mädchen müde und freuten sich darauf, ein Nickerchen zu machen. Sobald sie eingeschlafen waren, suchte sie Kenton in seinem Arbeitszimmer auf.

„Ich bin bereit für das Training", verkündete sie, als sie eintrat. Sein Laptop war offen und zeigte die Aufnahmen mehrerer Überwachungskameras in verschiedenen Räumen des Hauses. „Ich wusste nicht, dass du das alles hast." Sie hatte gewusst, dass es ein Sicherheitssystem gab, aber nicht mit diesem Ausmaß gerechnet.

„Ich habe es erweitert", erklärte er. „Ich habe an allen Türen und Fenstern Sensoren montiert und die Einstellungen der Überwachungskameras verbessert."

„Sehr raffiniert", sagte sie und dachte daran, dass sie manchmal vergaß, ihr Auto abzuschließen. Was würde er davon halten? „Ich bin überzeugt, dass sie für unsere Sicherheit sorgen werden."

Er fuhr sich mit der Hand über das Gesicht. „Nicht so, wie ich es gern hätte. Ich denke ernsthaft darüber nach, nach Nordafrika zurückzukehren und die Mission zu beenden, bei der ich versagt habe."

Fassungslos starrte sie ihn an. Eine Reise um die halbe Welt schien eine extreme Reaktion auf ihre Situation zu sein.

„Darfst du das?" Sie wusste nicht, wie Spezialeinheiten funktionierten, aber sie glaubte nicht, dass er einfach nach Afrika fliegen konnte, weil er es wollte.

„Ich müsste die Erlaubnis meines Kommandanten einholen, um dem SEAL-Team, das dort stationiert ist, beizutreten", gab er zu. „Aber ich denke, er würde sie mir erteilen."

„Ist das klug?" Sie war immer noch schockiert von seiner Idee. „Ich meine, du könntest verletzt werden oder …"

Sein Blick traf ihren und sie wusste, dass sie das Falsche gesagt hatte. „Ich kenne mich mit Missionen aus, Mia. Ich mache das beruflich, weißt du."

„So habe ich das nicht gemeint." Das hatte sie wirklich nicht. Er wirkte unbesiegbar, aber trotz ihrer Wut hatte sie Angst um ihn. Und um sich und die Mädchen. Angst davor, was ihnen passieren könnte, wenn er wegging. „Aber ich würde mir Sorgen um dich machen. Und wirst du nicht hier gebraucht?"

„Das hat mich davon abgehalten, meinen Kommandanten zu fragen. Ich möchte dich und die Mädchen nicht in der Obhut von jemand anderem lassen. Ich habe dieses Chaos verursacht und es ist meine Aufgabe, es wieder in Ordnung zu bringen." Seine Augen wanderten zu dem Laptop, auf dem die schlafenden Zwillinge zu sehen waren. „Meine Handlungen haben noch nie jemanden in Gefahr gebracht. Nicht auf diese Weise."

Mia konnte nicht mehr ertragen, dass er sich Vorwürfe machte, also streckte sie ihre linke Hand aus und legte sie auf seine Schulter. Sie war sich nicht sicher, ob er ihre Berührung willkommen heißen oder ihr ausweichen würde. Als er sie nicht zurückwies, legte sie ihre rechte Hand auf seine andere Schulter und trat zwischen ihn und seinen Schreibtisch. „Ich hätte hier ohne dich Angst. Das kann ich nicht bestreiten. Ich weiß, dass du deinen Freunden vertraust, aber es wäre nicht dasselbe."

Er hatte Patrick und Anderson gestern mit ihr bekannt gemacht und sie wusste, dass die beiden und ein weiterer Mann abwechselnd das Haus überwachten. Es war ein Trost, aber es war nicht dasselbe, wie Kenton in der Nähe zu haben. Außerdem hatte sie ihre eigenen egoistischen Gründe dafür, dass Kenton sich nicht in Gefahr bringen sollte. Er war ihr wichtig. Sie hatten als Paar keine Zukunft, das war ihr klar, aber dieses Wissen änderte nichts daran, wie sie empfand.

Er seufzte tief und legte seine Hände auf ihre Hüften. „Ich bleibe hier. Es … belastet mich einfach." Sie beugte sich vor und küsste ihn sanft.

„Komm schon", sagte sie und wich zurück. „Lass uns in den Fitness-raum gehen, während die Mädchen schlafen."

Er führte sie in den Keller, wo er bereits eine Matte auf dem Betonboden ausgebreitet hatte. In der nächsten Stunde zeigte er ihr verschiedene Möglichkeiten, sich aus dem Griff eines Angreifers zu befreien, egal ob er von vorn oder von hinten kam. Er ließ sie die Techniken immer wieder üben. Sie wusste nicht, wie effektiv sie gegen einen ausgebildeten Söldner sein würden, aber sie tat ihr Bestes, um sie zu erlernen. Während des gesamten Trainings behandelte Kenton sie wie eine Schülerin, nicht wie eine Geliebte. Das fühlte sich seltsam und beunruhigend an.

Als es vorbei war, zog er sich in sein Arbeitszimmer zurück und überließ es ihr, sich um die Mädchen zu kümmern. Sie wusste, dass es ihre Aufgabe war, ihre Nichten zu erziehen, aber ihn in letzter Zeit als eine Art Vaterersatz zu haben, hatte die Last ihrer Verantwortung leichter wirken lassen.

Das hier ist nicht für die Ewigkeit, sagte sie sich, als sie zu dem Zimmer der Mädchen ging. Auf halbem Weg die Treppe hinauf erhielt sie einen Anruf von der Wohnungsgesellschaft. Sie blieb stehen, um der Mitarbeiterin zuzuhören. Die Renovierung ihrer Wohnung würde früher als erwartet abgeschlossen werden, sodass sie bereits in der folgenden Woche wieder dort einziehen könnte. Das waren natürlich gute Neuigkeiten und Mia bedankte sich bei der Frau. Die Frage war, ob sie so bald aus Kentons Haus ausziehen konnte.

Sie zögerte mit der Hand auf dem Türknauf und versuchte, ihre Gefühle im Zaum zu halten. Ein Teil von ihr wollte unbedingt weiterziehen und frei von der Bedrohung sein, die über ihren Köpfen hing. Aber der andere Teil würde es vermissen, hier bei Kenton zu sein.

KAPITEL FÜNFZEHN

„Schon viel besser", sagte Mia, als sie ein Pflaster auf Emmas Knie klebte. Sie waren im Garten gewesen und hatten eine Schnitzeljagd veranstaltet, als das Mädchen hingefallen war und sich das Knie aufgeschürft hatte. Mia hatte beide Kinder ins Haus gebracht, damit sie die Wunde versorgen konnte.

Wie sie waren auch die Mädchen nur ungern hineingegangen, da ihnen ohnehin nur wenig Zeit draußen gestattet war. Kenton hatte sie in den letzten Tagen eingesperrt, bis Mia kurz davor gestanden hatte, aus der Tür zu rennen und mit ihrem Auto wegzufahren. Kenton hatte ihr nicht einmal erlaubt, zum Supermarkt zu gehen. Er hatte die Lebensmittel mithilfe einer von ihr erstellten Liste liefern lassen. Es machte keinen Spaß, so zu leben.

„Ich habe Hunger", sagte Ava und zerrte an Mias Sweatshirt.

Ohne nachzudenken sah Mia auf die Uhr. Nur noch fünf Minuten bis zu ihrem Vormittagssnack. Sie stoppte sich, bevor sie das sagte, denn welchen Unterschied machte es, wenn sie ein bisschen früher als geplant aßen? Sie hatte sich an den strengen Zeitplan gewöhnt, den

Kenton erstellt hatte, und mochte sogar Teile davon, aber genug war genug.

„Was möchtest du?", fragte sie Ava mit einem Lächeln.

„Kekse", antwortete Ava.

„Netter Versuch, Kleine, aber wir müssen etwas Gesundes essen. Wie wäre es stattdessen mit Apfelschnitzen? Und dann vielleicht ein kleiner Keks", sagte Mia.

Sie setzte die Mädchen an den Tisch und schnitt einen Apfel in für Kleinkinder geeignete, mundgerechte Stücke. Mia hatte so viel über Kindererziehung gelernt, seit sie die Vormundschaft für ihre Nichten bekommen hatte. Zuerst hatte sie nur versucht, alles irgendwie am Laufen zu halten. Aber jetzt fühlte sie sich mit diesem Aspekt ihres Lebens wohler. Vielleicht war es die Struktur, die Kenton für notwendig hielt. Vielleicht kam sie inzwischen besser mit der Mutter-rolle zurecht. Auf jeden Fall fühlte es sich gut an, was angesichts der Bedrohung gegen sie ein Segen war. Es war wichtig, dass sich zumindest *irgendetwas* gut anfühlte.

Sie hörte, wie draußen der Motor des Rasenmähers aufheulte. Ein Großteil des Rasens war bereits mit dem Laub der beiden riesigen Ahornbäume bedeckt. Sie wusste nicht, warum das Gras gemäht werden musste, aber wenn es Kenton beschäftigt hielt, war es ihr recht. Er war nervös gewesen, hatte nicht mit den Mädchen spielen wollen und ihr nur einsilbige Antworten gegeben. Der vergangene Abend war größtenteils schweigend verlaufen und zum Schlafengehen hatte sie sich in das Gästezimmer zurückgezogen, das sie ganz am Anfang genutzt hatte. Sie hatte seine Wärme und seine starken Arme vermisst, aber die Distanz zwischen ihnen wurde immer größer. Beim Frühstück hatte immer noch Stille geherrscht und sie hatte gespürt, dass sie keine Nerven mehr hatte. Sie war es leid zu versuchen, seiner schlechten Laune aus dem Weg zu gehen.

„Seid ihr fertig mit euren Snacks, Mädchen?", fragte sie mit fröhlicher Stimme. Sie hatten jeweils einen Apfel und einen Haferflocken-Rosinen-Keks gegessen. „Lasst uns eure Malbücher auf die Terrasse bringen. Der Sonnenschein ist heute so schön."

Mia holte die Buntstifte und Malbücher und führte die Mädchen auf die Terrasse. Als sie sich neben sie setzte, wandte sie ihr Gesicht zum Himmel und genoss die Wärme auf ihrer Haut. Der Herbst brach bereits an, aber Tage wie dieser erinnerten sie an die Schönheit des Sommers.

„Ich will Blau", sagte Emma und lenkte Mias Aufmerksamkeit zurück auf die Mädchen. Emma hielt den dunkelblauen Buntstift außer Reichweite ihrer Schwester.

„Wir müssen teilen. Du benutzt ihn eine Minute lang und dann ist Ava an der Reihe", sagte Mia zu dem Mädchen, das zum Glück kampflos nachgab. Nachdem die Ordnung wiederhergestellt war, sah Mia zu Kenton, der immer noch Rasen mähte. „Oh nein", sagte sie, als sie bemerkte, dass er direkt auf einen alten Ball zusteuerte, den sie im Garten gelassen hatte und der größtenteils unter einem Laubhaufen verborgen war. Er war eines der Dinge, nach denen die Mädchen bei der Schnitzeljagd gesucht hatten. Sie waren von Emmas aufgeschürftem Knie von ihrem Spiel abgelenkt worden und hatten den Rest der versteckten Spielsachen nicht zurück ins Haus gebracht.

Sie zuckte zusammen, als er über den Ball fuhr, der an der Unterseite des Rasenmähers hängen blieb und ihn schließlich zum Stillstand brachte.

„Was zur Hölle ist das?", schrie Kenton, als er den Rasenmäher umdrehte und den Ball sah. „Verdammt."

Bevor er noch mehr fluchen konnte, rannte Mia in dem Wissen, dass die Mädchen auf der Terrasse in Sicherheit waren, über den Rasen zu ihm.

„Kenton“, sagte sie, aber er baute sich vor ihr auf, bevor sie weiterspre-
chen konnte.

„Ich habe dir und den Mädchen gesagt, dass es wichtig ist, das Spielzeug aufzuräumen. Sieh dir an, was passiert ist“, sagte er mit lauter
Stimme. Er schrie nicht, aber er war nah dran.

„Emma hat sich verletzt, also sind wir ins Haus gegangen, ohne aufzuräumen“, sagte sie bei dem Versuch, es zu erklären. „Es ist nur ein alter
Ball.“

„Ich mache mir keine Sorgen um den verdammten Ball.“ Er trat gegen
den Rasenmäher. „Der Rasenmäher streikt und ich bin noch nicht fertig.
Das bringt meinen ganzen Tagesplan durcheinander.“

Sie schwieg einen Moment und wusste, dass es bei seiner Reaktion um
mehr als das Spielzeug ging. Es ging um die schreckliche Situation, in
der sie steckten.

„Das ist nicht so schlimm“, sagte sie. „Wichtig ist …“

„Das kannst du dir sparen“, knurrte er. „Ich will deine Ausreden nicht
hören.“

„Was soll das bedeuten?“ Ihre Hände stemmten sich in ihre Hüften.
„Welche Ausreden?“

„Du findest Ausreden dafür, dass die Mädchen Fehler machen. Wenn
sie etwas falsch machen, suchst du die Verantwortung nie bei ihnen.“

„Sie sind Kinder. Kleine Kinder“, argumentierte sie und ihr Tempera-
ment flammte auf. „Und weißt du was? Sie gehören mir. Ich bin ihr
Vormund und ich habe es satt, dass du versuchst, uns Vorschriften zu
machen und zu kontrollieren, was wir tun. Ich gehe.“

„Das kannst du nicht“, sagte er rundheraus.

Sie wusste, dass seine barschen Worte die Wahrheit waren. Sie konnte
nicht gehen, weil ihre Wohnung noch nicht fertig war, aber sie wollte

verdammt sein, wenn sie hierblieb und ihm zuhörte, wie er sie anknurrte. „Ich kann vielleicht nirgendwohin, aber ich kann zumindest mit den Mädchen spazieren gehen, während du dich beruhigst.“

„Nein.“ Seine Stimme war eine Warnung.

Sie wandte sich von ihm ab und lief schnell zurück zu den Zwillingen. „Kommt, Mädchen, wir machen vor dem Mittagessen einen kleinen Spaziergang um den Block. Vielleicht können wir dabei verschiedene Arten von Blättern sammeln.“

Die Mädchen, die aufgeregt über ein wenig Freiheit waren, hüpften beide auf und ab und ergriffen ihre Hände. Anstatt durch das Haus zu gehen, führte Mia sie aus dem Gartentor zum Bürgersteig. Sie hatte genug davon, eingesperrt zu sein, und auch genug von Kenton.

Sie blickte zurück, als sie das Tor schloss. Er war immer noch dort, wo sie ihn stehen gelassen hatte. Seine Augen waren auf sie gerichtet, aber sein Gesichtsausdruck war fast verlegen. Fühlte er sich schlecht, weil er sie so unwirsch behandelt hatte? Vielleicht, aber das würde sie nicht daran hindern, ihren Spaziergang zu machen.

„Hier entlang, Mädchen.“ Sie hielt ihre kleinen Hände fest in ihren. Nach ein paar Metern hatte jedes der Mädchen ein paar Blätter in seine freie Hand genommen. „Das ist ein Bergahornblatt. Seht nur, was für ein hübscher Gelbton das ist.“ *So soll es sein*, dachte sie. Sie sollte mit ihnen Spaziergänge in der Natur machen und sie ermutigen, die Welt zu erkunden, anstatt sich davor zu verstecken.

„Mia!“ Kentons Stimme dröhnte durch die ruhige Straße, aber sie machte sich nicht die Mühe, sich umzudrehen. Sie wollte jetzt nicht mit ihm reden. „Mia, links neben dir!“

Sie drehte den Kopf in diese Richtung und sah einen weißen Lieferwagen, der von der Querstraße auf sie zukam. Oh Gott. Sie erstarrte, als der Lieferwagen mit quietschenden Reifen am Bordstein neben ihr anhielt. Die Seitentür öffnete sich und drei Männer kamen auf sie und die Mädchen zu. Bevor sie reagieren konnte, packte ein Mann Ava und ein anderer entriss ihr Emma. Der dritte Angreifer stürzte sich auf Mia und packte ihre Arme. Sie befreite sich mit einer der Techniken, die Kenton ihr beigebracht hatte, aus seinem Griff. Als sie herumwirbelte, um zu versuchen, die Mädchen zu retten, kam Kenton mit Anderson angerannt, der vor dem Haus auf Patrouille gewesen war.

„Nimm die Kinder!", rief Kenton ihr zu.

Dann geschah alles blitzschnell. Kenton und Anderson packten die Männer, die die Mädchen entführen wollten. Die Zwillinge rannten auf ihren kurzen Beinen zu Mia und sie öffnete ihre Arme, hob sie hoch und wich so schnell wie möglich zurück. Sie setzte sich auf die Treppe eines nahe gelegenen Hauses und hielt ihre kleinen Gesichter an sich gepresst, damit sie nicht sahen, was sich vor ihnen abspielte. Mia konnte ihre Augen nicht davon abwenden.

Kenton und Anderson rissen den Fahrer und einen weiteren Mann aus dem Lieferwagen und warfen sie neben ihren Gefährten ins Gras. Sie sah zu, wie Kenton einen Mann grob an seinem Shirt hochzog und mit ihm sprach. Obwohl sie die Worte nicht hören konnte, sah sie Kentons wütenden Gesichtsausdruck und die grimmigen Mienen der Männer, als er einen nach dem anderen befragte. Sie drückte die Mädchen fester an sich und war dankbar, dass Kenton und Anderson auf sie aufgepasst hatten … und sie schämte sich dafür, dass sie die Mädchen in Gefahr gebracht hatte, indem sie mit ihnen spazieren gegangen war.

Bald erschienen mehrere Streifenwagen und die Polizei nahm die Männer in Gewahrsam.

Schließlich kam Kenton zu ihr. „Bring die Mädchen zurück ins Haus", sagte er. „Ich werde eine Weile damit beschäftigt sein, das zu regeln."

„Kann … kann ich irgendetwas tun?", fragte sie. Ein Teil von ihr wollte sich bei ihm entschuldigen, aber sie konnte nicht die richtigen Worte finden, nicht wenn er wie ein Krieger vor ihr stand.

„Pass einfach gut auf sie auf“, sagte er und war weg.

Erst Stunden später, als die Zwillinge bereits tief und fest schliefen, kehrte er ins Haus zurück. Das Einschlafen war ihnen nach der traumatischen Begegnung mit den unbekannten Männern schwergefallen. Es hatte Erinnerungen an Avas Tortur auf dem Festival zurückgebracht und die Mädchen hatten geschluchzt, bis sie zu müde waren, um ihre Augen noch länger offen zu halten.

Nachdem Mia sicher war, dass sie nicht wieder aufwachen würden, war sie nach unten gegangen und hatte im Kamin Feuer gemacht. Es hatte etwas Beruhigendes an sich, das sie jetzt brauchte. Vielleicht war es die Erinnerung an den Abend, als der Strom ausgefallen war, und an die Nähe, die sie damals zu Kenton empfunden hatte. Sie saß auf der Couch und Eliot war zu ihren Füßen zusammengerollt, als sie hörte, wie sich die Haustür öffnete und wieder schloss. Ein paar Sekunden später kam Kenton erschöpft ins Wohnzimmer.

Sie stand sofort auf, um zu ihm zu eilen, aber als er abwinkte, blieb sie stehen. „Kann ich dir ein Bier oder ein Glas Wein bringen? Hast du schon zu Abend gegessen?“, fragte sie.

„Nein danke“, sagte er und ließ sich auf die Couch fallen. „Komm, setze dich zu mir.“ Er streckte ihr eine Hand entgegen und sie zögerte nur eine Sekunde, bevor sie zu ihm kam. Er verschränkte seine Finger mit ihren und legte ihre Hände auf seinen Oberschenkel. Die Geste wirkte intim, aber sie konnte seine Stimmung nicht deuten.

„Wir sind in Sicherheit“, sagte er nach einer Minute des Schweigens. „Die Männer, die euch heute angegriffen haben, waren Söldner, aber sie haben uns zu ihrem Auftraggeber geführt. Es war Ocampa, der Anführer des Kinderhändlerrings, von dem ich dir erzählt habe. Überraschenderweise hat uns einer von ihnen nach ein wenig Überredung verraten, wo sich Ocampa versteckt hält.“

Mia wollte nicht fragen, was genau er mit ‚Überredung‘ meinte. „Also ist es so, wie du gedacht hast? Das alles hängt mit deiner letzten Mission zusammen?“

„Ja. Ich habe mit meinem Kommandanten gesprochen. Die SEALs haben ein taktisches Team in der Gegend, wo sich Ocampa versteckt, also werden sie Männer aussenden, um ihn zu fangen.“

„Werden sie erfolgreich sein?“, fragte sie. Ein harter Blick war ihre einzige Antwort. *Natürlich* sagte der Blick. „Also ist es vorbei?“ Sie wollte sich dessen sicher sein.

„Ja. Es gibt keine Bedrohung mehr.“ Eliot war aufgestanden, um seinen Kopf an Kentons Knie zu schmiegen und um Aufmerksamkeit zu betteln. Kenton strich mit der Hand über den Kopf des Hundes und kraulte seine Ohren.

Mia lehnte sich erleichtert zurück. Da war aber noch ein anderes, komplizierteres Gefühl. Die Bedrohung hatte sie in Kentons Haus festgehalten, wo sie und die Mädchen in seiner Nähe gewesen waren. Sie hatte sich vor allem in den letzten Tagen immer mehr gegen ihre Isolation gesträubt. Ohne die Bedrohung konnte sie ihr normales Leben weiterführen. Das war gut, oder?

Warum also fühlte sie sich innerlich leer?

KAPITEL SECHZEHN

Am nächsten Tag legte Mia nach dem zweiten von zwei sehr willkommenen Anrufen auf. Beide hatten ihr gute Neuigkeiten gebracht. Der erste war früh am Morgen gekommen und eine völlige Überraschung gewesen. Der Eigentümer der Bäckerei war so zufrieden mit ihrer Arbeit, dass er angeboten hatte, sie dauerhaft zu beschäftigen. Als sie den Job angenommen hatte, war es für die Sommersaison von April bis Oktober gewesen. Länger als sechs Monate an einem Ort zu bleiben war für Mia neu, aber die Bäckerei passte zu ihr und sie nahm das Angebot gern an.

Dann hatte die Wohnungsgesellschaft angerufen und gesagt, dass sie sofort wieder einziehen konnte. Sie hatten ihr sogar per E-Mail Fotos ihrer renovierten Wohnung geschickt. Vor dem Brand war sie in Ordnung gewesen, aber nichts Besonderes. Bei dem Umbau waren neue Fenster für mehr Licht hinzugefügt worden und irgendwie war der Grundriss geändert worden, um ein zweites Badezimmer und eine größere Küche unterzubringen. Das würde sehr hilfreich sein, wenn die Mädchen älter wurden.

Jetzt, mit einer Festanstellung und einer völlig neuen Wohnung, war sie bereit, ihr normales Leben weiterzuführen, das durch den Brand unterbrochen worden war. Zur Feier des Tages beschloss sie, ein besonderes Mittagessen für sich und Kenton zuzubereiten. Kenton war den ganzen Vormittag mit Anrufen beschäftigt gewesen und hatte keine Pause zum Essen gemacht. Als die Mädchen ihr Nickerchen machten, klopfte Mia leise an die Tür seines Arbeitszimmers.

„Mittagessen, Kenton."

„Ich komme gleich", sagte er, also ging sie allein zurück ins Esszimmer.

Sie hatte eine Tischdecke auf dem glänzenden Mahagoni-Tisch ausgebreitet und schöne Teller und Gläser verwendet, die sie in einem Schrank gefunden hatte. Das Mittagessen bestand nur aus Salat und Sandwiches, aber sie richtete es hübsch an und gab sich Mühe, alles ansprechend zu präsentieren.

Als sie zurücktrat und ihr Werk betrachtete, hatte sie das gleiche Gefühl der Leere wie am Vorabend. Sie würde wahrscheinlich bald weggehen, aber der Gedanke war nicht mehr so verlockend wie einst. Ihre Wohnung war schön, aber sie würde Kenton vermissen, selbst wenn er in letzter Zeit schwierig gewesen war. Das war der Stress der Bedrohung gewesen, also hoffte sie, dass es jetzt besser werden würde.

Durfte sie darauf hoffen, dass sie eine Familie sein könnten, nachdem es eine Weile fast so gewesen war? Der Tag, als sie die Spazierfahrt gemacht und das Herbstfestival besucht hatten, fiel ihr wieder ein. Der Nachmittag vor dem Entführungsversuch war perfekt gewesen. Sie hatte sich an jenem Tag ein bisschen in Kenton verliebt. Eigentlich mehr als nur ein bisschen. Es hatte sich seit der Nacht des Stromausfalls angekündigt, als er sie so liebevoll geküsst hatte.

Sie seufzte und ließ sich auf ihren Stuhl sinken. War es verrückt zu glauben, dass er das Leben fortsetzen wollte, das sie in den letzten

Wochen zusammen geführt hatten? Vielleicht würde sie beim Mittagessen den Mut finden, ihn zu fragen. Je mehr sie darüber nachdachte, desto mehr glaubte sie daran. Er wollte eine Familie. Das hatte ihr seine Mutter erzählt und warum sollte er sonst ein so großes Haus besitzen? Vielleicht könnte es funktionieren und sie und die Mädchen könnten seine Familie sein. Bei dem Gedanken wurde ihr warm vor Glück.

„Ist irgendetwas Besonderes passiert?", fragte er plötzlich und sie zuckte zusammen, als er den Raum betrat.

„Mehrere Dinge", sagte sie und schenkte ihm ein Lächeln. „Ich dachte, wir hätten uns eine kleine Feier verdient."

„In Ordnung." Er nahm auf dem Stuhl neben ihr Platz und griff nach den Sandwiches. „Warum?"

„Nun, zunächst einmal ist meine Wohnung fertig, sodass die Mädchen und ich wieder dort einziehen können." Sie beobachtete ihn und suchte nach etwas, das darauf hindeuten könnte, dass er nicht wollte, dass sie gingen, aber sein Gesicht war ausdruckslos. Vielleicht war er vorsichtig, weil er nicht wusste, wie sie empfand, also hielt sie ihre Stimme fröhlich. „Sie ist nach dem Umbau besser als je zuvor."

„Das ist gut", sagte er fast so, als hätte er sie nicht gehört.

„Und natürlich feiern wir das Ende der Bedrohung gegen uns." Sie legte so viel Begeisterung wie möglich in ihre Stimme.

„Ja, das …" Er biss in sein Sandwich. „Diese verdammte Sache war von Anfang bis Ende eine Katastrophe. Ich habe gerade mehrere Stunden mit der Nachbesprechung verbracht."

Sie wollte fragen, ob das SEAL-Team den Mann, der hinter den Angriffen steckte, erwischt hatte, aber sie war besorgt, dass er sie wieder anknurren würde, also sagte sie nichts. Sie drang sowieso nicht zu ihm durch.

„Wenn ich nur herausfinden könnte, wo ich bei meiner Planung versagt habe", sagte er. Grübelte er wieder über seine gescheiterte Mission nach? „Und warum die Informationen nur so langsam kamen", fuhr er fort. Er stach mit seiner Gabel in den Salat auf seinem Teller. „Das ärgert mich. Der Vorfall beim Herbstfestival wäre niemals passiert, wenn ich bessere Informationen gehabt hätte."

Mia lehnte sich auf ihrem Stuhl zurück und versuchte zu entscheiden, wie sie vorgehen sollte. Darüber zu sprechen, eine richtige Familie zu werden, schien jetzt unpassend zu sein, und sie war es leid, ihm dabei zuzuhören, wie er sich Vorwürfe machte und die Mission schon wieder durchging. Es tat ihm nicht gut.

„Du kannst die Vergangenheit nicht ändern, indem du darüber nachdenkst. Du musst mit deinem Leben weitermachen und dich auf die positiven Aspekte konzentrieren", sagte Mia. Das hatte sie schon vor langer Zeit verstanden, als sie sich nach dem Tod ihrer Eltern von ihrer Trauer erholt hatte.

„Ja, sicher", sagte er mit sarkastischem Unterton. „Ein bisschen mehr Nachdenken würde dir nicht schaden."

„Wie meinst du das?" Sie richtete sich auf. Seine Worte fühlten sich wie ein Schlag ins Gesicht an.

„Wenn du mehr über die Vergangenheit und die Zukunft nachdenken würdest, könntest du deine Nichten besser erziehen. Sie werden nicht einfacher, wenn sie älter werden, weißt du."

„Ich denke, ich komme zurecht." Die Mädchen waren gesund und so ausgeglichen wie Kinder, die ihre Eltern in jungen Jahren verloren hatten, nur sein konnten.

Er warf ihr einen ungläubigen Blick zu. „Du hast nicht einmal einen festen Job. Es ist nur Saisonarbeit. Dieses Detail hattest du mir nicht erzählt. Ich habe davon erfahren, als ich mit deinem Chef über deine Beurlaubung gesprochen habe."

„Vielleicht ging es dich nichts an." Sie hatte es nicht absichtlich für sich behalten. Sie hatte einfach nicht das Bedürfnis gehabt, es ihm zu sagen, aus dem offensichtlichen Grund, dass sie sich einen anderen Job suchen würde, wenn sie ihn brauchte. Das war keine große Sache. „Außerdem konnte ich bisher immer Arbeit finden."

Er schüttelte den Kopf. „Du konntest vielleicht so leben, als du Single warst, aber nicht mit den Mädchen. Kinder brauchen Planung und Stabilität", sagte er und schlug mit der Hand auf den Tisch. „Und du musst auch irgendwelche persönlichen Ziele haben. Ich meine, welche Karriere strebst du an? Du solltest dein Studium beenden und einen Abschluss machen, mit dem du genug verdienst, um zwei Kinder zu ernähren."

„Danke für den Rat", sagte sie und erhob sich vom Tisch. „Aber ich bin nicht hier, um mein Leben für die nächsten fünf Jahre zu planen." Sie schob ihren Stuhl unter den Tisch, während sie sprach. „Und vielleicht, nur vielleicht, wäre es besser für dich, loszulassen und dich nicht mit der Vergangenheit zu quälen. Geh weiter, richte deinen Blick nach vorn und nimm die Dinge so, wie sie kommen. Die Leute würden dich vielleicht sogar lieber mögen, wenn du nicht so angespannt wärst."

Kentons Gesicht verhärtete sich und sein Körper wurde steif. Sie hatte mehr gesagt, als sie hätte sagen sollen, aber ihre Wut und Frustration hatten sie überwältigt. Sie musste dieses Gespräch beenden. „Ich habe dir noch zwei Dinge zu sagen. Erstens hat der Eigentümer der Bäckerei heute Morgen angerufen und mir eine Festanstellung angeboten." Sie schaffte es, ihn nicht triumphierend anzufunkeln. „Und zweitens ziehen die Mädchen und ich heute aus. Ich werde packen, was nötig ist, und ein anderes Mal für den Rest zurückkommen."

Sie ließ das fast unberührte Mittagessen auf ihrem Teller liegen und ging auf dem Weg zur Treppe an Kenton vorbei. Ein Teil von ihr wollte in Tränen ausbrechen. Das war die größte Konfrontation, die sie jemals in ihrem Leben gehabt hatte. Sie zitterte, aber das war nichts im

Vergleich zu dem Verlustgefühl, das sie quälte, als sie das Zimmer der Mädchen betrat. Jede Hoffnung, die sie auf ein Leben mit Kenton gehabt hatte, war zunichtegemacht worden.

Also gut, dachte sie, schnappte sich eine Tasche und fing an, Kleidung hineinzustopfen. Sie kam auch allein zurecht. Sie brauchte ihn und seine herrschsüchtige Art nicht. Sie holte tief Luft. Aber Himmel, es war unheimlich schön gewesen, mit ihm zusammen zu sein.

KAPITEL SIEBZEHN

„Verdammt, wer kommt jetzt?", murmelte Kenton, als es an seiner Tür klingelte. Da er an seinem Schreibtisch saß, rief er die Bilder der Überwachungskameras auf und sah, wie seine Mutter mit einer Einkaufstüte in den Händen auf seiner Veranda stand. Er stöhnte. Er liebte seine Mutter, aber er war nicht in der Stimmung für Gesellschaft.

Es waren höllische zwei Tage gewesen. Er war nervös, weil das SEAL-Team in Nordafrika Ocampa noch nicht gefasst hatte und Mia mit den Mädchen weggegangen war. Er sollte sie nicht so sehr vermissen, aber er hatte fast Tränen vergossen, als er eine Tasche mit Windeln gefunden hatte, die er für Notfälle in seinem Arbeitszimmer verstaut hatte. Außerdem war an diesem Morgen das bunte Plastikspielhaus geliefert worden, das er als Überraschung für sie bestellt hatte. Er hatte kaum die Abbildung der glücklichen Kinder auf der Schachtel ertragen können und sie ungeöffnet in die Garage gestellt.

Er würde es Mia irgendwann geben, aber er war noch nicht bereit dazu, sie oder die Mädchen zu sehen. In Mias Gegenwart hatte er sich nicht unter Kontrolle. Er hatte das letzte Gespräch mit ihr ruiniert. Sie hatte ihn zum Mittagessen gerufen und über ihren Job und ihre Wohnung sprechen wollen, aber er war fürchterlich negativ gewesen. Und egozentrisch. Das ärgerte ihn am meisten. Sie hatte ihn gebraucht und er hatte ihre Gefühle ignoriert. Verdammt, er hatte sich ihr gegenüber geringschätzig verhalten. Er dachte nicht, dass er das jemals einem Menschen angetan hatte. Warum er es ihr angetan hatte, konnte er nicht sagen.

Die Klingel ertönte erneut. Verdammt. Er ging zur Haustür, weil er wusste, dass seine Mutter nicht aufgeben und weggehen würde. Sie hatte seinen Truck in der Einfahrt gesehen und wusste, dass er zu Hause war.

„Hi, Mom", sagte er, als er die Tür öffnete.

„Hallo, Schatz." Sie strich mit einer Hand über die Bartstoppeln auf seiner Wange. „Du solltest dich wirklich rasieren."

„Es gefällt mir so." Sie hatten das gleiche Gespräch schon eine Million Mal geführt. „Was führt dich zu mir?" Er hatte ihr gestern eine SMS geschickt, um ihre Einladung zum Abendessen anzunehmen, weil er gewusst hatte, dass er es nicht länger aufschieben konnte, sie zu sehen. Ihr heutiger Besuch war jedoch eine Überraschung.

„Ich habe Spielsachen für die Mädchen mitgebracht. Wo sind sie?" Sie sah sich in seinem Eingangsbereich um. Bis vor zwei Tagen hatten die Sweatshirts der Mädchen an den Haken in der Nähe der Tür gehangen.

„Sie sind ausgezogen. Mias Wohnung war vorzeitig fertig." Das hatte er in seiner SMS nicht erwähnt.

„Oh." Seine Mutter stellte die Einkaufstüte auf den Boden. „Es tut mir leid, das zu hören." Sie sah enttäuscht aus. Was zum Teufel war hier los?

„Warum?", fragte er in einem halb scherzhaften Ton. „Bin ich nicht mehr genug für dich?" Er wusste, dass er versuchte, Humor zu verwenden, um nicht über seine Gefühle nachzudenken und sie seiner Mutter erklären zu müssen. Er wollte nicht daran denken, wie leer sich sein Haus anfühlte.

„Natürlich bist du das, aber …“

„Ich werde bald daran arbeiten, dir Enkelkinder zu verschaffen, versprochen. Es ist Teil meines Fünfjahresplans.“ Haus, Frau, Kinder. Das war sein Mantra gewesen. Eines nach dem anderen in der richtigen Reihenfolge.

„Es sah so aus, als hättest du schon eine Familie“, sagte seine Mutter.

„Ich? Sie waren nicht meine Familie“, widersprach er. Mia hatte das sehr deutlich gemacht, als sie weggegangen war.

„Und warum nicht? Mia ist eine schöne Frau, mit der man Spaß haben kann. Die Mädchen sind bezaubernd und ich dachte, du magst sie.“ Das Gesicht seiner Mutter war voller Enttäuschung.

„Das habe ich getan. Das tue ich immer noch“, stammelte er.

„Warum behältst du dann nicht die Familie, die dir in den Schoß gefallen ist, und arbeitest in den nächsten fünf Jahren an etwas anderem?“ Seine Mutter bedachte ihn mit dem gleichen strengen Blick, mit dem sie ihn verhört hatte, als er fünf Jahre alt gewesen war und einen Keks aus der Vorratsdose stibitzt hatte.

„Weil ich einen Plan habe, Mom. Ich hätte gedacht, gerade du würdest das verstehen.“ Er sagte nicht, was ihm zuerst in den Sinn kam, nämlich dass Mia und die Mädchen nicht zu ihm gehörten. Das hatten sie nie getan und das war auch gut so.

„Was soll das heißen?“ Sie wandte sich von ihm ab und ging in sein Wohnzimmer. „Hier ist es zu still“, bemerkte sie, bevor sie sich setzte. „Jetzt erkläre mir, was du gerade gesagt hast.“

Er folgte ihr, da es aus diesem Gespräch kein Entkommen gab. „Nun, du verstehst es bestimmt. Du hast seit meiner Kindheit alles geplant. Wir hatten einen Familienkalender, erinnerst du dich? Jedes Football-training, jedes Pfadfindertreffen und jeder Zahnarzttermin wurden sorg-fältig darin eingetragen."

„Sicher", stimmte sie ihm bereitwillig zu, „Eltern brauchen ein Organi-sationssystem oder es herrscht Chaos, aber das war ein täglicher oder wöchentlicher Zeitplan. Das war kein ganzes Leben."

„Es sah aber so aus. Du hattest für alles Regeln. Ich hatte kein Problem mit den strengen Vorschriften der Navy, weil ich bei dir aufgewachsen war. Frühstück um sieben, Abendessen um sechs. Keine Snacks. Schla-fenszeit je nach Alter. Genau eine Stunde Fernsehen pro Tag. Du hättest die Kapitänin eines Schiffes sein sollen."

„Hast du es so gesehen?", fragte seine Mutter leise und ihr enttäuschter Gesichtsausdruck wurde schmerzerfüllt.

„Wie könnte ich es anders sehen? Erinnerst du dich daran, wie Onkel Ned nach seinem Misserfolg in Nashville nach Hause kam? Du hast ihn als abschreckendes Beispiel dafür verwendet, was man nicht tun sollte. Ich war zwölf und habe es mir zu Herzen genommen." Davor hatte er den geheimen Wunsch gehabt, auf eine Reise ohne Ziel aufzubrechen, ohne sich Sorgen darüber zu machen, wo er die Nacht verbringen oder welche Orte er besuchen würde. Er hatte sich vorgestellt, so etwas nach seinem Highschool-Abschluss zu tun. Zumindest eine Weile hatte er völlige Freiheit genießen wollen. Aber dieser Traum war gestorben, als seine Eltern ihm klargemacht hatten, dass es ein Fehler war, Risiken einzugehen und auf das Schicksal zu vertrauen, also hatte er sich auf die Erstellung eines Masterplans für sein Leben konzentriert.

„Oh Gott, das tut mir leid." Seine Mutter schien wirklich betroffen zu sein. „Es war nicht das erste Mal, dass Ned so etwas versucht hatte, und ich war frustriert darüber, dass er nicht bereit war, nach den Regeln der Gesellschaft zu spielen."

„Warte", sagte Kenton. „Was sagst du da?"

„Oh, Junge. Du hast zu einem gewissen Grad recht. Ich habe versucht, mich an alle Regeln zu halten. Ich habe jede Menge Erziehungsratgeber gelesen und auf die Ratschläge der Leute gehört. Weißt du, was ich entdeckt habe? Sie widersprachen sich. Manchmal sogar völlig. Keine zwei Bücher waren sich jemals darin einig, wie man mit einem Problem umgehen soll. Als du klein warst, war ich überfordert und dein Vater entschied, dass wir ein System brauchen. Du weißt, wie er ist."

Trent Fitzpatrick war Elektrotechniker. Ohne einen klaren Plan nahm er nie etwas in Angriff. Kenton begann, sich zu fragen, ob er seine Eltern völlig missverstanden hatte. Vielleicht taten das alle Kinder.

„Wir haben jedoch gelernt, dass keine Antwort immer funktioniert. Wir mussten unseren Instinkten vertrauen, um zu entscheiden, was der richtige Weg war. Und vielleicht waren wir so vorsichtig, dass wir zu viel Kontrolle ausgeübt haben, aber wir haben das nur getan, weil wir wussten, dass man gar nicht alles kontrollieren kann. Wir haben die Hälfte der Zeit nur so getan, als hätten wir alles im Griff. Ergibt das Sinn?"

„Ja", sagte er. Bevor er Mia und die Mädchen in seinem Haus vorgefunden hatte, hätte er dieses Gespräch nicht verstanden. Wie seine Eltern wollte er den Anschein erwecken, alles unter Kontrolle zu haben. Er konnte das in seinem Leben als SEAL tun, aber eine Familie zu gründen war etwas anderes.

Eine Familie. Die Familie, die er wollte. Zum ersten Mal ließ Kenton die Gefühle zu, die er hartnäckig verdrängt hatte, und erkannte, dass sie nicht wie eine Schachtel waren, die er hinten in die Garage stellen konnte. Er vermisste Mia und die Mädchen von ganzem Herzen, aber sie waren aus seinem Leben verschwunden.

Er ließ sich auf einen Stuhl fallen und vergrub seinen Kopf in seinen Händen. Er war ein Idiot gewesen. Er hatte ihr nicht einmal beim Umzug geholfen. Sie hatte ihm eine SMS geschickt, um ihn wissen zu lassen, dass sie den Rest ihrer Sachen nach der Arbeit abholen würde, und er hatte dafür gesorgt, dass er nicht da gewesen war, was bedeutete, dass sie die Betten der Mädchen und all ihre Spielsachen und Kleider allein transportiert hatte. War das verzeihlich? War die Art und Weise, wie er sich in den letzten Tagen verhalten hatte, verzeihlich? Verdammt, er wusste es nicht.

„Gibt es ein Buch darüber, wie man jemandem sagt, dass es einem leidtut?", fragte er schließlich nach langem Schweigen.

„Wahrscheinlich tausend und keines davon ist gut", sagte seine Mutter. „Sei einfach aufrichtig. Darauf kommt es an."

„Mom, findest du allein nach draußen?" Kenton stand auf und wusste, was er tun musste. Er war sich nicht sicher, wie er es machen sollte, aber er würde es herausfinden und seinen Instinkten vertrauen. Hoffentlich würden sie ihn nicht im Stich lassen, wenn er vor Mia stand.

„Sicher. Ich stelle die Spielsachen im Zimmer der Mädchen ab." Sie hob die Einkaufstüte vom Boden auf.

Er griff nach den Schlüsseln seines Trucks und hoffte, dass das Vertrauen seiner Mutter in ihn nicht verschwendet war. Gerade als er die Stufen der Veranda hinunterlief, rief Patrick ihn an.

„Hey, Kumpel. Ich kann jetzt nicht reden …"

„Fahre sofort zu Mias Wohnung." Patricks Stimme war ruhig, aber beharrlich. „Es gibt Ärger. Ich werde dich dort treffen."

KAPITEL ACHTZEHN

Mia ging durch ihre renovierte Wohnung, während die Mädchen in ihrem Zimmer spielten. Sie mochte alles, was sie sah, von den perlweißen Wänden und den Laminatböden bis zu der glänzenden neuen Küche. Es war sogar viel besser als erwartet. Ihren Nachbarn im Gebäude ging es genauso. Sie hatte gestern Nachmittag mit einigen im Treppenhaus gesprochen, als sie ihre Sachen nach oben gebracht hatte.

Glücklicherweise hatte Shasta angeboten, ihr zu helfen, weil die Bäckerei an diesem Tag geschlossen war. Zusammen hatten sie alles aus Kentons Haus in die Wohnung transportiert, bevor sie die Mädchen aus der Kindertagesstätte abgeholt hatten. Da er nicht zu Hause gewesen war, hatte sie ihren Hausschlüssel unter die Fußmatte vor der Haustür geschoben und ihm eine SMS geschickt, um ihn wissen zu lassen, dass sie weg war. Es war eine unpersönliche Art gewesen, sich von jemandem zu verabschieden, der für sie so wichtig geworden war, aber sie hatte das Gefühl gehabt, keine Wahl zu haben.

Obwohl sie aufgebracht aus seinem Haus gestürmt war, hatte ihre Wut nicht lange angehalten. Nicht länger als bis zu ihrer Wohnung. Jetzt war alles, was sie noch hatte, Schmerz. Trotz ihres Streits war Kenton etwas Besonderes für sie, wahrscheinlich der beste Mann, den sie jemals gekannt hatte. Aber sie hatte ihre Beziehung anders gesehen als er. Er konnte sich nicht mehr als etwas Kurzfristiges vorstellen, da es nicht in seinem Plan war. Sie konnte das Potenzial für ihr gemeinsames Glück erkennen, aber es sollte nicht sein.

„Mir geht es gut", flüsterte sie vor sich hin, während sie in ihrer Küche stand. „Ich habe Ava und Emma zum Liebhaben. Das ist alles, was zählt." Sie musste sich immer daran erinnern. Ihre kleine Familie war das einzig Wichtige. Wenn Kenton sie nicht wollte, war das seine Entscheidung. Sie schüttelte den Kopf. Sie verstand einfach nicht, wie er sein Herz so abschotten konnte. Vielleicht liebte er sie nicht, aber die Mädchen? Wer könnte sie nicht lieben? Und er hatte so gewirkt, als würde er es tun, als er sich um sie gekümmert hatte. Vielleicht hatte er seine Routinen zu ernst genommen, aber er hatte sich bemüht, die Zwillinge kennenzulernen, während sie in seinem Haus gelebt hatten.

„Tante Mia", riefen die beiden Mädchen, „komm her."

Als sie in ihr Zimmer kam, fand sie beide auf dem Boden, wo sie auf einem großen Blatt Papier malten. In ihrem Alter ging es dabei nicht darum, saubere Linien zu zeichnen. Große Farbkleckse in zufälligen Formen bedeckten das Papier.

„Was ist das? Malt ihr das für euer Zimmer?" Der Großteil ihres Dekors war im Feuer verloren gegangen und sie hatte es noch nicht ersetzt. Sie wollte die Mädchen in einen Laden mitnehmen und ihnen erlauben, Bilder und Vorhänge auszuwählen, die ihnen gefielen.

„Das ist für Kenton", verkündete Emma. „Schreibe seinen Namen darauf."

Woher hatten die Mädchen gewusst, dass sie an ihn dachte? Und wie viel bedeutete er ihnen? Es brach ihr das Herz.

„Wenn ihr mich um etwas bittet, solltet ihr sagen: Würdest du bitte seinen Namen darauf schreiben?" Sie wartete und Emma wiederholte brav den Satz. Mia kniete sich auf den Boden und wählte den roten Stift. Am oberen Rand schrieb sie ‚Kenton' in Druckbuchstaben.

„Und ein Herz daneben", sagte Ava mit leiser Stimme.

„Sicher." Mia lächelte ihre Nichte an.

„Für mich auch." Emma zeigte an die Stelle, wo sie ihr Herz haben wollte.

Mia spürte, wie Tränen in ihre Augen traten, aber sie malte die Herzen dort, wo sie sein sollten. Die Motive auf dem Papier waren kaum zu erkennen, aber die Gefühle der Mädchen machten das Bild kostbar. Mia würde es irgendwie zu ihm bringen müssen. Bei dem Gedanken wurde ihr schwindelig. Konnte sie ihm entgegentreten?

„Ist es jetzt fertig?", fragte sie und beide nickten. „Dann räumt eure Buntstifte auf. Wie wäre es, wenn ihr euch einen Film anseht, während ich das Abendessen mache?"

Beide Mädchen hüpften aufgeregt auf und ab. Es war ein seltener Genuss, da Mia ihre Fernsehzeit sehr stark einschränkte. Der einzige Fernseher stand in ihrem Schlafzimmer, also ließ sie die Kinder auf ihr Bett klettern, sodass sie sich an die Kissen lehnen konnten. Sie suchte einen Prinzessinnenfilm für sie aus, ging dann zurück in die Küche und stellte einen Topf mit Wasser für die Nudeln auf den Herd.

Während sie darauf wartete, dass das Wasser kochte, zog Mia ihr Handy heraus, um zwei Anrufe zu erledigen, die sie nicht aufschieben durfte. Sie wollte mit Patrick und Anderson sprechen und sich dafür bedanken, dass sie dazu beigetragen hatten, sie und die Mädchen zu beschützen. Gleich beim ersten Versuch erreichte sie beide. Sie waren gute Männer. So ähnlich wie Kenton, aber entspannter im Alltag. Sie dankte ihnen und sie erkundigten sich höflich, wie es ihr und den

Mädchen ging, aber sie erwähnten Kenton nicht. Und sie konnte sich nicht dazu durchringen zu fragen, ob sie mit ihm gesprochen hatten.

Sie hatte gehofft, die Geste würde ihr dabei helfen, mit den letzten Wochen abzuschließen, aber es funktionierte nicht. Nach dem Gespräch mit Kentons Freunden vermisste sie ihn nur noch mehr und der Schmerz, von ihm getrennt zu sein, war noch quälender.

Alles erinnerte sie an ihn. Als sie versuchte, die beste Schublade für ihr Besteck auszuwählen, dachte sie, dass Kenton den Aufbau der Küche analysieren würde, bevor er diese Entscheidung traf. Das Gleiche galt für das Gewürzregal. Wahrscheinlich hätte er die Behälter in alphabetischer Reihenfolge angeordnet, damit jeder leicht zu finden war.

Sie ließ die Nudeln abtropfen, fügte drei Sorten Käse hinzu und stellte die Mischung zum Überbacken in den Ofen. Die Mädchen liebten hausgemachte Makkaroni mit Käse und sie wollte, dass ihre ersten Erinnerungen an die ‚neue‘ Wohnung gut waren. Während sie darauf wartete, dass das Abendessen fertig wurde, räumte sie die Einkäufe weg, die sie früher am Tag gemacht hatte. Als noch zwei Minuten auf dem Timer des Ofens angezeigt wurden, verstaute sie gerade die letzten Lebensmittel in den Schränken.

Endlich war ihre Küche eingeräumt und ihre Wohnung nahm Gestalt an. Sie seufzte und dachte, sie sollte Befriedigung empfinden, vielleicht sogar Glück. Aber das tat sie nicht.

„Ich habe alles im Griff“, sagte sie und versuchte, sich Mut zu machen. „Kein Grund zur Sorge.“ In ihrem Herzen fragte sie sich, wann sie aufhören würde, Kenton so sehr zu vermissen.

Der Timer piepte und sie stellte die Makkaroni mit Käse auf die Theke, damit sie ein wenig abkühlten. Sie deckte gerade den Tisch, als es an ihrer Tür klopfte. Hoffnung stieg in ihr auf. Vielleicht schickte das Universum Kenton zu ihr.

Ohne durch das Guckloch zu sehen, öffnete Mia die Tür und spürte, wie das Lächeln auf ihrem Gesicht gefror. Drei Männer drängten sich in ihre Wohnung und der Erste legte sofort seine Hand auf ihren Mund, um sie am Schreien zu hindern.

„Wenn Sie schreien", drohte eine leise Stimme, „werde ich zuerst Ihr Gesicht zerschneiden und dann mit Ihren Nichten weitermachen." Er zeigte ihr die Klinge, die er in der anderen Hand hielt. Sein Tonfall allein hätte ausgereicht, um sie davon zu überzeugen, ihm zu gehorchen. Sie nickte und der Druck auf ihren Mund ließ nach.

„Mia Kingston", sagte der Mann, der zuletzt durch die Tür gekommen war, und Mia richtete ihre Augen auf ihn. Er hatte eindeutig das Kommando. Er war besser gekleidet als die anderen und hatte etwas Gefährliches an sich. Vielleicht war es sein schmales Gesicht, das sie an einen Raubvogel erinnerte, oder das Grinsen auf seinen Lippen, aber es ließ sie schaudern.

„Wer sind Sie?", fragte sie und ihre Stimme zitterte leicht.

„Setzen Sie sich", sagte der Mann. „Ich möchte Ihnen erklären, was mit Ihnen und Ihren Nichten passieren wird."

Der Kerl, der sie gepackt hatte, schob sie zur Couch. Während sie sich bewegte, steckte sie ihre Hand in die Tasche ihres Kapuzenpullovers. Anderson war die letzte Person, mit der sie gesprochen hatte, was seine Nummer zu ihrem letzten Kontakt machte. Sie tippte auf den Bildschirm und hoffte, dass sie die Anruftaste erwischte. Vielleicht würde er abheben und hören, was los war. Es war das Einzige, was ihr einfiel.

Sie konnte den Film in ihrem Schlafzimmer hören und wusste, dass er sich der letzten Szene näherte. Die Mädchen würden nach ihr suchen, wenn er endete. Diese Männer wussten, dass die Mädchen in der Wohnung waren, aber sie wollte sie so lange wie möglich auf Distanz halten.

„Wer sind Sie?“, wiederholte sie. „Und was machen Sie in meiner Wohnung?“ Sie versuchte, laut und deutlich zu sprechen, und betete, dass Anderson zuhörte.

„Mein Name ist Marcus Ocampa“, sagte der Mann mit einem gewissen Stolz in seiner Stimme.

Ihr Atem stockte. Sie kannte diesen Namen. Er war der Kerl, der Kenton bei seiner letzten SEAL-Mission entkommen war.

„Wie ich sehe, haben Sie schon von mir gehört.“ Ocampa lächelte und schien zufrieden zu sein.

„Ja“, musste sie zugeben. „Sie sind berüchtigt.“

„Nur in einem kleinen Kreis. Nicht viele kennen meinen Namen. Kenton Fitzpatrick muss Ihnen von mir erzählt haben.“

„Ein bisschen“, gestand sie.

„Sie sind ziemlich eng befreundet mit ihm.“ Das Wort ‚befreundet‘ hatte noch nie so schmutzig geklungen.

„Nicht wirklich.“ Sie zwang sich zu einem lässigen Schulterzucken. „Wir waren in seinem Haus, als wir sonst nirgendwohin konnten. Das ist meine einzige Verbindung zu ihm.“

„Sie lügen.“ Das Lächeln blieb auf Ocampas dünnen Lippen. „Sie waren seine Geliebte. Vielleicht sind Sie es immer noch. Und er hat sich um Ihre Nichten gekümmert, als wären sie seine eigenen Kinder. Es gibt eine viel engere Verbindung, als Sie behaupten.“

„Wenn das wahr wäre“, sagte sie, „würde ich immer noch bei ihm wohnen.“

„Ah, ein Streit unter Liebenden?“ Diesmal zeigte sie absichtlich keine Reaktion auf Ocampas Worte. „Egal. Er wird herausfinden, wie viel Sie ihm bedeuten, wenn Sie vermisst werden.“

„Vermisst?", wiederholte sie.

„Fitzpatrick hat das Team angeführt, das meine Organisation geschwächt und mich gezwungen hat, unterzutauchen. Sie und Ihre kleinen Nichten verschwinden zu lassen ist meine Art, um … wie soll ich sagen? … Rache zu nehmen. Ihn wissen zu lassen, dass ich besser bin als er."

„Was haben Sie mit uns vor?", fragte sie, damit er weitersprach. Die beiden Männer bei Ocampa wechselten einen wissenden Blick, der sie erschreckte.

„Ich werde Sie an den Höchstbietenden verkaufen. Was sonst?" Ocampa schien die Worte zu genießen. „Eineiige Zwillingsmädchen sind in meiner Branche heiß begehrt."

„Sie sind widerlich", sagte sie und ihre Wut wurde stärker als ihre Angst. Ihre Gedanken gingen in tausend Richtungen, als sie versuchte herauszufinden, wie sie sich und die Mädchen verteidigen konnte. Sie hatte immer noch die Trillerpfeife, die Kenton ihr gegeben hatte, in der Tasche ihrer Jeans, aber konnte sie sie herausziehen und benutzen, bevor sie ihr weggenommen wurde? Und wenn ja, würde jemand erkennen, dass es ein Hilferuf war?

„Fitzpatricks Leben wird niemals mehr so sein, wie es war", sagte Ocampa und sein Lächeln wurde selbstgefällig. „Er wird sich immer fragen, was mit Ihnen passiert ist. Es wird ihn verrückt machen."

„Es ist ihm egal", sagte sie. „Er wollte uns nicht." Das Traurige war, dass es die Wahrheit war. Er schien sie nicht zu wollen. Er hatte sich nicht die Mühe gemacht, mit ihr zu kommunizieren, und nicht einmal auf ihre SMS wegen des Schlüssels geantwortet. Aber er würde ihr helfen, wenn sie in Schwierigkeiten steckte. So wie jetzt.

Wie lange würde Ocampa noch weiterreden? Sobald er sie in ein Fahrzeug verfrachtet hatte, gab es keine Chance mehr auf Rettung. Wenn Anderson dieses Gespräch nicht hörte – wie lange würde es dauern, bis jemand bemerkte, dass sie weg waren? Die Nachbarn waren damit beschäftigt, in ihre eigenen Wohnungen zu ziehen. Wenn sie Eliot später nicht vom Hundesalon abholte, würde sich die Frau dort fragen, was los war, aber wie lange würde es dauern, bis sie vermisst gemeldet wurde?

Aus dem Schlafzimmer hörte Mia das letzte Lied des Prinzessinnenfilms. Die Mädchen würden jede Sekunde zu ihr kommen. Sie musste jetzt handeln. Sie musste …

Plötzlich wurde ihre Tür aufgestoßen und prallte gegen die Wand. Kenton stürmte ins Zimmer und brachte einen ihrer Entführer mit einem Schlag gegen den Hals zu Boden. Der andere zog eine Waffe, aber Kenton wich ihm aus. Ein Schuss löste sich und hallte laut im Raum wider.

Sie blinzelte bei dem Knall. Als sie wieder sehen konnte, lag Kenton mit dem Schützen am Boden. War er angeschossen worden? Sie sprang auf, aber Ocampas Hand packte sie direkt unterhalb des Ellbogens. Mia hob sofort ihren Arm und drehte sich, um sich aus seinem Griff zu befreien, wie Kenton es ihr gezeigt hatte. Als Ocampa ihr nachsetzte, trat sie fest gegen die Innenseite seines Knies, sodass sein Bein umknickte.

Sie bewegte sich rückwärts von ihm weg, als Kenton zwischen sie trat und Ocampa einen Schlag ins Gesicht versetzte. Der Mann sackte zusammen und prallte mit dem Kopf auf den Couchtisch, bevor er zu Boden fiel.

Wieder legten sich starke Arme um sie, aber sie wusste, dass es Kenton war. Sie sank an seine Brust. Er atmete schwer und sein Herz schlug schnell, aber alles, was sie interessierte, war, mit ihm zusammen zu sein.

„Scheiße, Kenton", sagte eine Stimme hinter ihr. „Du hättest uns etwas übrig lassen können."

Sie hob den Kopf weit genug, um Patrick und Anderson zu sehen. Sie drückten jeweils einen Mann auf den Boden, während Ocampa immer noch in der Nähe ihrer Couch lag.

„Bist du angeschossen worden?" Sie strich mit ihren Händen über Kenton und erinnerte sich plötzlich an das Gewehrfeuer.

„Die Kugel ist in der Decke gelandet", sagte er. „Mir geht es gut."

„Tante Mia!" Der Schrei kam aus ihrem Schlafzimmer.

„Die Mädchen!" Mia taumelte von Kenton weg und rannte los. Die Mädchen lagen zusammengekauert auf ihrem Bett. „Es ist alles in Ordnung." Sie setzte sich zu ihnen und drückte sie fest an sich. „Niemand wird euch wehtun."

Das Bett bewegte sich und sie bemerkte, dass Kenton neben ihr war. Seine Arme schlangen sich um sie alle und er küsste die Mädchen auf die Stirn. Als er danach aufsah und ihrem Blick begegnete, wusste sie nicht, was sie sagen sollte.

Er öffnete gerade den Mund, um zu sprechen, als sie hörten, wie die Sirenen der Polizei näherkamen. Mit einem Nicken ging er wieder in ihr Wohnzimmer, während sie zurückblieb, um die Mädchen zu trösten.

KAPITEL NEUNZEHN

„Danke", sagte Mia zu Margaret, als sie auf dem Parkplatz ihres Apartmenthauses ein Sweatshirt über Emmas Kopf zog. Die Mädchen hatten sich bemerkenswert schnell beruhigt, wahrscheinlich aufgrund von Kentons Anwesenheit. Sie hatten den Schuss gehört, waren aber davon verschont geblieben, Ocampas Worte zu hören.

„Kein Problem", versicherte Margaret ihr. „Ich liebe es, Gesellschaft zu haben. Ich denke, wir werden etwas malen. Klingt das gut, Mädchen?" Beide nickten eifrig.

„Und danke, dass Sie Eliot aus dem Hundesalon abgeholt haben. Ich mache Ihnen so viele Umstände. Es tut mir leid."

„Sagen Sie das nicht." Die ältere Frau nahm Mias Hand. „Ich helfe gern."

Das war in der Vergangenheit auch so gewesen. Margaret hatte Mia nach dem Brand bereitwillig geholfen, aber sie fühlte sich schlecht, weil sie ihr wieder zur Last fiel. Kenton hatte ihr jedoch keine Wahl gelassen. Er hatte seine Mutter angerufen und alles arrangiert, nachdem er Mia erklärt hatte, dass sie an diesem Abend mit Verhören und Befragungen beschäftigt sein würde.

„Sagen Sie Bescheid, wenn Sie wollen, dass sie bei mir übernachten. Ich habe nichts dagegen." Margaret half Mia, die Kinder im Auto anzuschnallen. Als sie wegfuhren, stand Mia auf dem Parkplatz zwischen den Streifenwagen und winkte den Mädchen zum Abschied zu. Sie rieb sich mit den Händen über die Arme und versuchte zu verstehen, was passiert war, aber es war zu viel, um es zu verarbeiten.

„Bereit?" Kenton war plötzlich neben ihr. „Wir müssen zum Polizeirevier. Du kannst bei mir mitfahren."

Da sie sich zu benommen fühlte, um selbst zu fahren, stieg sie in seinen Truck. Sie schwiegen beide auf dem Weg zu dem Polizeirevier, das sich hinter dem Gerichtsgebäude in der Innenstadt von Hartsville befand. Bevor sie aus dem Truck stiegen, drehte er sich zu ihr um.

„Erzähle ihnen einfach genau, was passiert ist", sagte er. „Sie werden dir immer wieder die gleichen Fragen stellen, aber so funktioniert es. Es tut mir leid, dass du das durchmachen musst, Mia."

„Schon in Ordnung. Ich bin nur froh, dass er verhaftet worden ist." Sie wartete mit ihrer Hand am Türgriff und hoffte, Kenton würde mehr sagen, aber er tat es nicht, also stieg sie aus dem Truck und folgte ihm.

Die nächsten Stunden verliefen so, wie er gesagt hatte. Polizisten verhörten sie, stellten Fragen und nahmen ihre Zeugenaussage auf. Jedes Detail der Momente, in denen sie mit Ocampa zusammen gewesen war, musste ausführlich besprochen werden. Glücklicherweise hatte Andersons Telefon viel davon aufgezeichnet, aber sie würde auch als Zeugin vor Gericht aussagen müssen.

Als das erledigt war, wurden sie in einen anderen Raum gebracht, wo sie über eine gesicherte Videoverbindung mit Kentons Kommandant sprachen. Sie beantwortete die gleichen Fragen noch einmal und hörte Kenton zu, als er darlegte, was er getan und erfahren hatte. Anderson erklärte, dass er den Anruf erhalten und Patrick und Kenton alarmiert hatte.

Die Männer schienen von den Ereignissen unbeeindruckt zu sein. Wahrscheinlich war es Routine für sie, aber Mia war erschöpft. Als ihr Handybildschirm beim Empfang einer Nachricht aufleuchtete, entschuldigte sie sich, da sie anscheinend ohnehin fertig war. Es war Margaret, die berichtete, dass die Mädchen zu Abend gegessen und mit Wasserfarben gemalt hatten und jetzt in ihrem Gästezimmer schliefen. Mia sollte sie erst am Morgen abholen.

„Alles okay?", fragte Kenton, als er aus dem Raum zu ihr in den Flur kam.

„Sieht so aus. Deine Mutter sagt, dass es den Mädchen gut geht und sie bei ihr übernachten. Ich schulde ihr etwas." Mia würde etwas Besonderes für Kentons Eltern backen.

„Sie wird nichts von dir erwarten", sagte er. Er stand nahe bei ihr und Mia wollte sich an ihn schmiegen und sich in seiner warmen Umarmung verlieren, aber er behandelte sie mit höflicher Distanz. „Wir können jetzt gehen. Ich fahre dich nach Hause."

„Danke", sagte Mia. Sie war völlig fertig. Sie hatte keine Ahnung gehabt, dass das Beantworten von Fragen so anstrengend sein könnte, und die emotionale Belastung, so nahe bei Kenton zu sein und ihn nicht berühren zu können, war fast mehr, als sie nach diesem Tag ertragen konnte.

Sie gingen mit Patrick und Anderson nach draußen, bevor sie sich von ihnen verabschiedeten und in Kentons Truck stiegen. Eine herbstliche Kälte lag in der Luft und die Sonne war untergegangen und hatte nur einen Lichtschimmer am westlichen Himmel hinterlassen. Die Kälte erfrischte sie und half ihr, ein Gefühl der Ruhe im Chaos des Tages zu finden, aber ihr gefiel die Vorstellung nicht, allein in ihre Wohnung zurückzukehren.

Doch genau das würde passieren. Kenton würde sie dort absetzen, sich endgültig verabschieden und aus ihrem Leben verschwinden. Diesmal würde sie jedoch versuchen, ihm die richtigen Worte zu sagen, bevor sie aus seinem Truck stieg. Sie würde ihm dafür danken, dass er ihr erlaubt hatte, in seinem Haus zu wohnen, und für seine Freundlichkeit gegenüber ihren Nichten. Für sie selbst würde es keine Worte geben. Sie konnte nicht ausdrücken, was er ihr bedeutete, und es war am besten, es gar nicht erst zu versuchen. Sie würde Danke sagen und sich verabschieden.

Kenton fuhr schweigend durch die Straßen der Innenstadt. Als sie an der Bäckerei vorbeikamen, sah sie Kürbisse aus Bastelpapier und orangefarbene Lichterketten im Schaufenster. Andere Geschäfte waren ähnlich dekoriert und bereit für die neue Jahreszeit. Als die Main Street die South Street kreuzte, hätte Kenton links abbiegen sollen, aber er fuhr weiter geradeaus.

„Kenton?", sagte sie leise. „Du hättest abbiegen müssen." War er auf Autopilot und dachte nicht nach?

„Wie ich schon sagte, ich bringe dich nach Hause." Er drehte sich nicht zu ihr um, bis er auf einen Parkplatz fuhr und den Motor ausmachte. Im Truck war es dunkel, aber sie konnte sein Gesicht sehen. Er sah ernst aus, vielleicht sogar nervös, und sie fragte sich, was als Nächstes passieren würde.

Als er nach ihrer Hand griff, zögerte sie einen Moment. Es war vorbei zwischen ihnen, oder? Die Mission war abgeschlossen, der Bösewicht verhaftet und ihre Wohnung wieder nutzbar. Es gab keinen Grund für sie, zusammen zu sein. Keinen materiellen Grund. Und doch schien er etwas von ihr zu wollen.

Sie schob ihre Hand in seine große, warme Hand und seine Finger legten sich fester um ihre.

„Ich bringe dich nach Hause, weil du das Haus, das ich gekauft habe, erst dazu gemacht hast. Es war kein Zuhause, bevor du gekommen bist. Es war wunderschön und ich war stolz darauf, sein Besitzer zu sein, aber du … du hast mich dazu gebracht, durch die Tür gehen zu wollen. Du und die Mädchen habt es zum Leben erweckt. Ohne dich ist es nur ein Haus."

Sie biss sich auf die Unterlippe und versuchte, ihre Gefühle zu kontrollieren. Sagte er, dass er sie in seinem Leben haben wollte?

„Ich liebe dich, Mia, von ganzem Herzen", fuhr er fort, „und ich will nicht ohne dich sein. Kommst du nach Hause und bleibst bei mir?"

„Meinst du heute Nacht?", fragte sie. Wollte er sie nur in seinem Bett haben oder ging es hier um mehr?

„Ich meine jede Nacht für den Rest meines Lebens." Er schenkte ihr ein vorsichtiges Lächeln. „Hast du gehört, dass ich dich liebe?"

„Ich habe dich gehört, aber was ist mit deinen Plänen, Kenton?" Sie wollte nicht danach fragen, aber sie musste es tun. „Die Mädchen und ich sind kein Teil davon."

„Zum Teufel mit den Plänen. Ich muss nicht warten und die perfekte Familie planen. Sie ist bereits in meinem Haus aufgetaucht. Es ist nicht so, wie ich erwartet hatte, aber ich könnte mir nicht mehr wünschen. Bleib bei mir, Mia." Er legte seine andere Hand auf ihre ineinander verschlungenen Hände. „Heirate mich."

„Was?" Sie hatte das Gefühl, das Gleichgewicht zu verlieren, so als wäre die Welt aus den Fugen geraten. Hatte er sie gerade gebeten, ihn zu heiraten? „Du willst, dass ich …"

„Heirate mich. Sei meine Frau, meine Geliebte und meine Freundin. Was sagst du?"

„Ja“, sagte sie, weil es nur eine Antwort auf die Frage gab, die er ihr stellte.

Er zog sie näher zu sich und traf sie auf halbem Weg für einen Kuss. Er dauerte nicht lange, aber er war etwas Besonderes und irgendwie anders. Als sie sich trennten, war sein Gesicht wieder ernst. Was jetzt?

„Wird es dich sehr einschränken, an einem Ort zu bleiben?“, fragte er.

„Ich mag neue Erfahrungen“, sagte sie. „Ich bin gern spontan und habe Spaß. Ich kann immer noch einen Weg finden, das zu sein.“ Sie konnte mit ihm in dem schönen viktorianischen Haus leben und trotzdem sein, wer sie war.

„Du willst spontan sein und Spaß haben?“ Er startete den Motor des Trucks und fuhr zurück auf die Straße. „Wir sind heute Abend allein. Mom lässt die Mädchen bei sich übernachten, richtig?“

Sie lachte. „Was schlägst du vor, Kenton?“

„Es wäre nicht spontan, wenn wir es im Voraus planen würden, aber ich denke, es ist ziemlich sicher, dass wir heute Nacht nicht viel Schlaf bekommen.“

Sie betrachtete sein Profil, während er fuhr, und sein Grinsen war offensichtlich. „Damit kann ich leben.“

Sie bogen in seine Straße ein und sie seufzte, als sie in die Garage fuhren. Dies würde ihr Zuhause sein. Das Haus selbst war wunderschön, aber mit Kenton und den Mädchen würde Mias Leben dort magisch sein.

„Was ist das?“, fragte sie, als die Scheinwerfer des Trucks eine Schachtel in der Ecke der Garage beleuchteten. „Ist das ein Spielhaus?“

„Ja, eines dieser großen Plastikhäuser. Ich habe es vor einer Woche bestellt. Ich dachte, es würde den Mädchen gefallen.“

„Sie werden es lieben. Oh, Kenton, du …“ Sie konnte keine Worte finden, um auszudrücken, wie sie sich fühlte. Als sie zusammen ins Haus gingen, brauchte sie keine Worte mehr. Nur Taten waren wichtig, als Kenton ihr zeigte, wie sehr er sie liebte.

KAPITEL ZWANZIG

Kenton spähte aus dem Fenster in seinen Vorgarten. Es war Anfang Dezember und Schnee bedeckte den Rasen und bildete die Kulisse für die Weihnachtsdekoration, die er und Mia gekauft hatten. Sie hatten eine Mischung aus Spaß für die Mädchen und Eleganz, die zu ihrem Zuhause passte, gewollt. Nach vielen Einkaufstouren und Diskussionen hatten sie sich für Lichterketten mit Girlanden aus Fichtenzweigen und Zuckerstangen entlang des Weges, der zur Haustür führte, entschieden.

„Verschwinde." Seine Mutter hob die Hände und versuchte, ihn zu verscheuchen. „Du darfst die Braut vor der Hochzeit nicht sehen. Bring die Mädchen in die Kirche. Wir kommen in zehn Minuten."

Da Mia keine Familie hatte, waren seine Eltern eingesprungen, um bei der Organisation zu helfen, und seine Mutter hatte jede Sekunde davon geliebt. Sie war mit Mia in die Brautmodenboutique gegangen, hatte bei der Auswahl des Kuchens geholfen und hielt jetzt alle auf Trab.

„Okay, okay. Heißt das, dass ich wenigstens die Mädchen sehen darf?", neckte er sie.

„Natürlich. Ava, Emma", rief Margaret, „kommt herunter." Die Zwillinge erschienen in identischen weißen Kleidern mit roten Bändern um die Taille und in ihren Haaren oben auf der Treppe. „Langsam, damit ihr nicht stolpert. Oh, seid ihr beide nicht bezaubernd?"

Kenton lächelte. Seine Mutter genoss die Rolle der Großmutter. Er hoffte, dass dies in zehn Tagen auch noch so war, wenn er und Mia von ihren Flitterwochen zurückkehrten. Insgeheim vermutete er, dass seine Eltern die Mädchen gar nicht mehr hergeben wollen würden.

Sein Vater kam in einem dunklen Anzug aus dem Wohnzimmer. Kenton hatte auch in Erwägung gezogen, einen Anzug zu tragen, aber Mia hatte darauf bestanden, dass er seine Uniform trug. Jetzt war er froh darüber. Es fühlte sich richtig an.

„Wir werden Mia rechtzeitig zur Kirche bringen", sagte sein Vater, während Margaret den Mädchen ihre Mäntel anzog. „Hast du die Ringe?"

Kenton tätschelte seine Tasche und tastete nach den beiden goldenen Eheringen, die von einem Band zusammengehalten wurden. „Ja."

„Ich werde dich vor der Hochzeit nicht mehr sehen, mein Sohn. Denke daran, sie zu genießen."

„Das werde ich", versprach Kenton und umarmte seine Eltern, bevor er die Mädchen in seinen Truck setzte. In der Kirche nahm Shasta die Zwillinge und wartete bei ihnen, bis es Zeit für sie war, als Blumenmädchen den Gang entlang zu gehen.

„Bereit?", fragte Patrick ihn. Patrick und Anderson waren wie er in Uniform. Kenton hatte sich nicht entscheiden können, welcher seiner beiden engsten Freunde sein Trauzeuge sein sollte. Eines Abends hatten sie sich schließlich getroffen, ein Bier getrunken und eine Münze geworfen. Patrick hatte gewonnen und würde neben ihm stehen, aber Anderson würde die Rede auf dem Hochzeitsempfang halten.

„Ich denke schon." Er war nervös wegen der Hochzeit, aber nicht wegen der Ehe. Diese würde, basierend auf den letzten zwei Monaten, reine Glückseligkeit sein. Es war oft stressig gewesen, aber sein Haus war lebendig geworden dank zweier kleiner, kichernder Mädchen und einer schönen Frau, die sich nachts an ihn schmiegte. Die Zeit war wie im Flug vergangen. Er hoffte, dass die Flitterwochen entspannter verlaufen würden.

„Hast du die Ringe?", fragte Patrick, als sie zum Altar gingen.

Kenton lachte. „Stellt mir heute jeder diese Frage?"

„Vermutlich." Patrick gab seiner Frau, seiner Tochter und seinem zweijährigen Sohn, die auf der vordersten Bank saßen, einen Kuss.

Die Orgel auf der Empore spielte Musik, während sich alle auf den Bänken niederließen. Als Anderson Margaret zu ihrem Platz begleitete, wusste Kenton, dass die Trauung bald beginnen würde. Kurz darauf hörte er die bekannte Melodie des Hochzeitsmarsches und richtete seine Augen auf Ava und Emma, die den Gang entlang gingen. Jede trug einen Korb mit roten Rosen und Stechpalmenblättern und die beiden sahen ziemlich stolz auf sich aus, als sie im Gleichschritt blieben und alle anlächelten. Die Hochzeitsgäste waren hingerissen. In den letzten Monaten war Emma etwas ruhiger geworden und Ava aufgeweckter. Beide schienen ihre Persönlichkeit zu finden.

Als sie zu ihm kamen, bückte er sich und gab jedem der Mädchen einen Kuss auf die Wange, bevor sie sich neben seine Mutter setzten. Er richtete sich auf und sah, wie Mia am Arm seines Vaters die Kirche betrat. Himmel, sie war wunderschön. Ihr Kleid war die Erwachsenen-Version dessen, was die Mädchen trugen. Viele Meter weißer Stoff und ein rotes Band um ihre schlanke Taille. Das trägerlose Design zeigte ihre schönen Schultern, die er am liebsten geküsst hätte. Aber das Beste war das Lächeln auf ihrem Gesicht, als sie zu ihm kam.

Er reichte ihr seinen Arm, sein Vater trat zurück und der Rest war magisch. Als die Zeremonie vorbei war und er die Braut küssen durfte, applaudierten die Gäste und brachten sie beide zum Lachen.

„Wir auch." Emma zog an seinem Hosenbein. „Wir wollen auch Küsse."

Er ging neben den Mädchen in die Hocke und zog sie an sich. „Ich liebe euch beide", sagte er und gab ihnen die Küsse, die sie verlangten. Mia hatte Tränen in den Augen, als er aufstand. Er beugte sich zu ihr, um ihr ins Ohr zu flüstern. „Und dich liebe ich am allermeisten."

„Ich liebe dich auch am allermeisten", flüsterte sie zurück, „und das ist sehr viel, weil ich die Zwillinge von ganzem Herzen liebe."

„Ich auch", sagte er. Dann nahmen sie jeweils ein Mädchen an der Hand und schritten zu viert zurück durch den Gang, um ihre Gäste zur Empfangshalle zu führen.

Da Mia darauf bestanden hatte, dass die Feier Spaß machen und nicht allzu formell sein sollte, gab es auf jedem Gedeck einen Cupcake. Warum sollten die Gäste warten, bis der Kuchen angeschnitten wurde? Sie hatte außerdem jede Menge Weihnachtsdekoration gewollt, um passend zur Jahreszeit zu feiern. Die Empfangshalle war mit funkelnden weißen Schneeflocken, frischem Grün und roten Bändern geschmückt.

Später am Abend waren Kenton und Mia gerade auf der Tanzfläche, als er bemerkte, dass sich Stille über den Raum legte. Er sah sich um und sah überall lächelnde Gesichter – seine Eltern, Emma und Ava, Mias Freunde aus der Bäckerei, seine Freunde und ihre Frauen und Kinder.

„Ich glaube, sie wollen etwas", sagte er zu Mia.

„Sie wollen, dass wir uns küssen." Sie lehnte sich in seinen Armen zurück und zeigte über ihnen auf einen Mistelzweig, der an einem Band hing.

„Nur zu gern“, sagte er. Kenton legte seinen Arm um ihre Taille und beugte sie weiter zurück, um ihr einen dramatischen Kuss im Hollywood-Stil zu geben. Er bemerkte die Überraschung auf ihrem Gesicht, bevor er sie küsste, und war ein wenig stolz auf sich.

„Das war sehr spontan von dir“, sagte sie, als sie sich aufrichtete. „Ich bin beeindruckt.“

„Ich habe vor, die nächste Woche damit zu verbringen, dich mit meiner Spontanität zu beeindrucken. Wann können wir aufbrechen?“ Sie hatten getanzt, Kuchen gegessen, gelächelt und sich fotografieren lassen. Jetzt wollte er mit seiner Braut verschwinden.

„Ich denke, jetzt wäre ein guter Zeitpunkt. Ich bin mehr als bereit, mit dir allein zu sein, aber du hast mir immer noch nicht gesagt, wohin wir gehen.“ Sie hatte ihn wiederholt gefragt, besonders als sie versucht hatte, für die Reise zu packen. Er hatte nur gesagt, dass sie an einen warmen Ort gehen würden.

„Das liegt daran, dass ich es selbst nicht weiß“, gestand er das Geheimnis, das er vor ihr bewahrt hatte.

„Du hast nichts geplant?“ Ihre Augen weiteten sich, als er den Kopf schüttelte.

„Wir werden uns jetzt entscheiden.“ Er wandte sich an Anderson und Patrick. „Bringt bitte die Karte.“ Seine Freunde holten eine große Karte der südöstlichen Bundesstaaten und befestigten sie an einer Pinnwand. Kenton reichte Mia zwei Dartpfeile und behielt zwei weitere für sich.

„Was soll ich damit machen?“ Sie rollte die Pfeile zwischen ihren Fingern und starrte ihn an.

Er führte sie etwa drei Meter vor die Karte, während die Hochzeitsgäste einen Halbkreis um sie bildeten. „Wirf die Pfeile und sieh nach, wo sie landen.“

„Bestimmen wir so unsere Reiseroute? Einverstanden", sagte sie und blickte auf die Karte. „Also los."

Ihr erster Dartpfeil traf Key Largo in Florida. Perfekt. Dort sollte es warm und sonnig sein. Der zweite Pfeil landete in St. Augustine. Noch besser. In der ältesten Stadt der USA fand ein riesiges Weihnachtslichterfest statt. Obwohl Kenton keine konkreten Pläne gemacht hatte, hatte er natürlich recherchiert.

Sie nickte und schien mit dem Ergebnis zufrieden zu sein. „Du bist dran."

Er schätzte den relativen Abstand zwischen ihren beiden Pfeilen ab. Was würde sonst noch gut zu diesen Zielen passen? Er hatte keinen Plan, aber er wollte auch nicht die ganze Zeit im Auto verbringen, denn er hatte viele andere Ideen für ihre Flitterwochen. Er warf seinen ersten Pfeil auf Savannah in Georgia, eine elegante und romantische Stadt und der perfekte Ort, um ihre Reise zu beginnen. Die Route nahm in seinem Kopf Gestalt an, aber wo sollte er seinen letzten Pfeil platzieren?

Er lächelte sie an. „Irgendwelche Vorlieben?"

„Kannst du treffen, was du anvisierst?", fragte sie und sah wieder auf die Karte.

„Normalerweise schon." Und vielleicht hatte er in letzter Zeit ein wenig geübt. Alles ganz dem Zufall zu überlassen, würde für ihn nie funktionieren.

„In diesem Fall …" Sie beugte sich näher zu ihm und küsste seine Wange. „Ich gestehe, dass ich eine geheime Leidenschaft für Vergnügungsparks habe."

Er grinste und ihre Worte machten ihm seinen letzten Wurf leicht. Sein Pfeil flog durch die Luft und blieb in Orlando stecken.

Ihre Hochzeitsreise hätte nicht besser sein können, wenn er sie geplant hätte. Nachdem sie die Mädchen geküsst und umarmt, Hände geschüttelt und den Gästen für ihre guten Wünsche gedankt hatten, gingen sie zu seinem Truck, der zu seiner Überraschung vor dem Eingang der Empfangshalle stand.

„Was zum …" Er blieb mit Mia neben sich stehen. Bei dem Anblick brach sie in Gelächter aus. Jemand hatte seinen Truck dekoriert. Er warf Anderson und Patrick, die beide schallend lachten, einen Blick zu. An der Antenne und den Seitenspiegeln hingen Luftschlangen, auf die Fenster waren Herzen gemalt und an der Heckklappe hing ein Schild mit der Aufschrift ‚Just Married‘.

Kenton lächelte und erinnerte sich daran, wie sehr seine Freunde und Familie ihn liebten und wie sehr er sie liebte. Darum ging es an diesem Tag.

„Bist du bereit aufzubrechen, Mrs. Fitzpatrick?", fragte er Mia.

„Das bin ich", sagte sie. Nachdem sie die Mädchen ein letztes Mal umarmt hatten, half er seiner Braut in den Truck und drapierte ihr Kleid vorsichtig um sie. Als er auf dem Fahrersitz Platz nahm, fühlte er sich so frei wie nie zuvor. Sie machten einen Roadtrip, nur sie beide, eine Woche lang nichts als Vergnügen.

Kenton hupte und fuhr los. Als sie auf die Straße abbogen, griff er nach Mias Hand. „Ich liebe dich", sagte er und verschränkte seine Finger mit ihren. „Ich *plane*, das in den kommenden Jahren oft zu sagen."

„Das ist ein Plan, dem ich gern zustimme. Jetzt lass uns Spaß haben."

ENDE VON DIE PLÖTZLICHE FAMILIE DES SEALS

HARTSVILLES SEAL HELDEN BUCH 3

Die Scheinehefrau des SEALs

Das Überraschungsbaby des SEALs

Die plötzliche Familie des SEALs

Die Mitbewohnerin des SEALs

Die Behandlung des SEALs

Die Affäre des SEALs

Mögen Sie Männer, die die Dinge selbst in die Hand nehmen? Dann lies weiter für eine achenve Leseprobe von Leslie North's **Beschützer der alleinstehenden Mutter** und **Schutz für die alleinerziehende Mutter**.

VIELEN DANK!

Vielen Dank, dass ihr mein Buch gekauft, heruntergeladen und gelesen habt. Es fällt mir schwer, in Worte zu fassen, wie sehr ich meine Leser schätze. Wenn es euch gefallen hat, dann denkt bitte daran, eine Bewertung zu schreiben. Ich höre so gern von meinen Lesern! Ich möchte euch auch weiterhin glücklich achen. 😊

Um alle Bücher von Leslie North zu sehen, besucht:

Leslie North's Facebook

Melde dich für meinen Newsletter an und erhalte Informationen über Neuerscheinungen:
Leslie North's Newsletter (DE)

ÜBER LESLIE

Leslie North steht auf den Bestsellerlisten von USA Today und ist das Pseudonym einer von Kritikern gefeierten Autorin zeitgenössischer Liebesromane für Frauen. Ihre Anonymität erlaubt ihr, vor allem in ihren romantischen und erotisch-fantastischen Erzählungen, die ganze Bandbreite ihres künstlerischen Könnens unter Beweis zu stellen.

P.S.: Hättest du gerne eine Vorschau, ein Werbegeschenk, ein Vorabdruck-Angebot, viele Extras und Bilder von bösen Jungs? Dann besuche meine:
http://leslienorthbooks.com/leslie-north-deutsch

 facebook.com/LeslieNorthDE

 instagram.com/leslienorthbuecher#

KLAPPENTEXT

Der ehemalige Navy SEAL Michael Rinaldi hat eine Regel: Keine zweiten Chancen. Wenn seine Ex also seine Sicherheitsfirma beauftragt, sie und ihre Freundinnen zu beschützen, nachdem sie Zeugen eines Mordes geworden sind, redet er sich ein, dass alles gut gehen wird. Die alleinerziehende Mutter Nicole Zito mag vielleicht die Liebe seines Lebens gewesen sein, aber er ist zuversichtlich, dass er und sein Herz aufgrund seiner Regel gegen zweite Chancen völlig sicher sein werden. Er kann jedoch seinen Beschützerinstinkt nicht verleugnen, als Nicole ihm die E-Mail zeigt, die sie zur Einschüchterung erhalten hat und die beunruhigenderweise ein Bild ihres kleinen Sohnes Grant enthält. Beide sind sich einig, die Dinge auf einem professionellen Niveau zu halten. Aber Nicole zu beschützen bedeutet, mit ihr zusammen zu sein, und mit ihr zusammen zu sein und sein Herz zu ignorieren erweist sich als viel schwieriger, als er dachte.

Auch wenn Nicole immer noch Gefühle für Michael hat, weiß sie, dass er der beste Mann für den Job ist. Niemand ist zielgerichteter als er. Niemand ist besser darin, seine Emotionen abzuschalten. Sie hätte allerdings nie erwartet, wie perfekt es sich anfühlen würde, wieder mit ihm zusammen zu sein, mit ihm und ihrem Sohn in einer einsamen Hütte ... fast wie eine richtige Familie. Es ist alles, was sie will, aber sie weiß nicht, ob es auch etwas ist, das sie haben kann. Wenn sie jemals die Gefahr überwinden, die sie verfolgt, wird dann auch ihre zerbrechliche neue Bindung zu Ende gehen? Sie verliebt sich schnell in ihren sexy SEAL. Alles was sie tun muss, ist ihn davon zu überzeugen, dass ihre Liebe eine zweite Chance wert ist ...

Holen Sie sich Ihre Ausgabe von *Beschützer der alleinstehenden Mutter* am Juni 22nd 2021
www.LeslieNorthBooks.com

EXKLUSIVE AUSZUG

Kapitel Eins

Nicole hakte sich bei ihrer Freundin unter und zog sie fester an sich. „Du schaffst das."

„Ich schaffe das", wiederholte Holly und schenkte Nicole dann eines ihrer strahlenden Holly-Lächeln. „*Ich habe alles im Griff.*" Dennoch hatte sie schwache, dunkle Augenringe, und ihr Gesichtsausdruck war angespannt. Nicht überraschend, aber es brachte Nicole trotzdem dazu, sie noch fester zu umarmen.

„Natürlich kannst du das", sagte Charlotte, die Dritte in ihrem Trio. Es war nicht überraschend, dass Charlotte diejenige war, die daran gedacht hatte, einen Regenschirm mitzubringen. Und, ganz typisch für Charlotte, war er riesig und robust und würde wahrscheinlich jahrelang halten, weshalb es auch egal war – wie Charlotte hatte ihnen versichert hatte -, dass er auch fürchterlich hässlich war. Aber immerhin war er groß genug, dass die drei sich darunter zusammenkuscheln konnten.

Es war später Nachmittag – grundsätzlich eine ruhige Zeit in ihrem Salon. Aber selbst wenn es ihre geschäftigste Tageszeit während der turbulentesten Jahreszeit gewesen wäre - selbst wenn die Promis draußen Schlange stünden, um sich für die Met-Gala vorzubereiten - hätte Nicole den Salon, den die drei Frauen gemeinsam betrieben, geschlossen, damit sie Holly begleiten konnten. Ihre Freundin brauchte Unterstützung, und Nicole und Charlotte würden jedes Hindernis aus dem Weg räumen, um sicherzustellen, dass sie diese auch bekam. Auch wenn das bedeutete, durch den Regen zu schlurfen, um einen Mann zu besuchen, den keine von ihnen besonders gerne wiedersehen wollte.

Zu dieser Tageszeit und angesichts des Wetters war der Meatpacking District, der berühmte Stadtteil New Yorks, praktisch wie leergefegt. Es regnete. Diese kurzen, unerbittlichen Sommerregen machten den Bürgersteig an mehreren Stellen verräterisch glitschig. Nicole entschied, dass dies der Grund dafür war, dass sie so langsam gingen, weil sie Angst hatten, auszurutschen. Nicht, weil sie ins Stocken gerieten. Nicole war niemand, der etwas vor sich herschob. Im Gegenteil, sie war stolz darauf, jeder Herausforderung mit Kraft und Sicherheit zu begegnen. Aber Zak war keine Herausforderung - er war nur ein Ärgernis.

Nicole schüttelte mehrere Wellen ihres dunklen, lockigen Haares aus dem Gesicht und dämpfte damit ihre Frustration. Es gab eine ganze Reihe von Dingen, die Nicole heute Nachmittag lieber tun würde, als hier heraus zu stiefeln, um Hollys Ex gegenüberzutreten. Und wenn Nicole ehrlich war, dann bestand ein großer Teil des Grundes, warum sie zugestimmt hatte mitzukommen, darin, sicherzustellen, dass er der Ex bleiben würde. Aber sie hatte Holly auch versprochen, dass sie nett sein würde.

Holly warf Nicole einen reumütigen Blick zu, ihre dunklen Augen schimmerten leicht amüsiert. „Du hältst das immer noch für eine schlechte Idee.”

„Natürlich tut sie das”, sagte Charlotte in genau dem Tonfall, der Holly zum Lachen brachte.

Nicole entspannte sich genug, um zu lächeln. Okay, sie war also nicht gerade subtil damit gewesen, was sie von Zak oder dieser kleinen Expedition hielt. Holly war noch nicht so lange mit Zak zusammen gewesen, als sie die Sache beendet hatte, und hatte Nicole und Charlotte gegenüber zugegeben, dass er zwar süß war und gar nicht so schlecht im Bett, dass aber ihr Herz nicht wirklich dabei war. „Außerdem”, hatte Holly ihnen damals gesagt, „stimmt etwas nicht ganz bei dem, was auch immer er in dieser Bar macht. Irgendetwas daran fühlt sich einfach zwielichtig an.”

Dann hatte Holly herausgefunden, dass sie schwanger war. Zaks Reaktion, als Holly es ihm erzählte, war die, dass er Zeit brauche, um die Nachricht zu verarbeiten. Dann reagierte er mehr als eine Woche lang nicht mehr auf ihre Anrufe. Sie waren sich ziemlich sicher, dass er beschlossen hatte, sie zu ignorieren, als Zak schließlich zurückgeschrieben und Holly gebeten hatte, bevor sie öffneten, in der Bar vorbeizukommen, in der er arbeitete, um über das Baby zu sprechen.

„Ich denke, es ist deine Entscheidung - und ich unterstütze dich, egal wie du dich entscheidest”, antwortete Nicole so diplomatisch wie möglich. Sie sagte nicht, dass sie überrascht wäre, wenn Zak tatsächlich seinen Mann stehe würde und für das Baby da sein wollte. Sie hatte genug erlebt, um zu wissen, dass er nicht gerade ein Kandidat für den Vater des Jahres war.

„Danke." Holly legte ihren Kopf für einen kurzen Moment auf Nicoles Schulter. „Ich muss das tun. Ich schulde es Zak, ihm wenigstens zuzuhören. Er und ich waren nicht füreinander bestimmt, aber er ist immerhin der Vater des Kleinen. Und wenn er nicht daran interessiert ist, Teil unseres Lebens sein zu wollen ... nun, dann habe ich wenigstens noch euch." Sie drückte Nicole fest und schlang ihren freien Arm um Charlotte, um sie ebenfalls mit in die Umarmung zu ziehen.

Charlotte schenkte ihr ein sanftes Lächeln, als sie Hollys Umarmung erwiderte. „Immer."

„Genau", stimmte Nicole zu. „Wir werden für dich da sein, so wie ihr beide immer für mich und Grant da wart."

Holly grinste und nickte, als sie sich McKinley's näherten, der Kneipe, in der Zak die Bar bediente. Es sah so aus, als ob die meisten Lichter im Inneren aus waren, aber als Holly an die Tür klopfte, gab es eine verschwommene Bewegung, bevor sie aufschwang. Zak streckte den Kopf heraus, ganz blond, mit lockerem Charme und einem strahlend weißen Lächeln. Fairerweise musste man sagen, dass es ein ziemlich tolles Lächeln war, leicht schief, sodass sich Grübchen formten. Vielleicht konnte sie verstehen, warum Holly förmlich in sein Bett gestürzt war. Er war süß - nicht der Typ, der einem die Knie weich werden lässt, aber er hatte definitiv etwas vom ‚besten Freund des älteren Bruders' an sich und nutzte diesen Charme mit maximaler Wirkung. Dieses Lächeln hatte wahrscheinlich schon viele Leute überzeugt. Es war ein teuflisches und verspieltes Lächeln, das zu sagen schien: „Mach dir keine Sorgen, darum kannst du dich morgen kümmern." Sein Grinsen verschwand allerdings, als er Nicole und Charlotte sah.

„Ich hatte gehofft, wir könnten miteinander reden. Unter vier Augen. Nur wir beide", sagte Zak zu Holly, und sein Lächeln kehrte wieder in sein Gesicht zurück. „Wenn es dir nichts ausmacht", fügte er spitz an Nicole gewandt zu. „Das ist etwas Persönliches."

Nicole grinste zurück. „Oh, es macht mir absolut etwas aus."

„Holly hat uns gebeten mitzukommen", sagte Charlotte mit leiser, aber fester Stimme.

Holly nickte. „Was immer du mir zu sagen hast, kannst du auch vor ihnen sagen. Wir kommen im Dreierpack, Zak."

„Das hast du nie gesagt, als wir zusammen waren. Kleiner Scherz", sagte er schnell und hielt die Hände hoch, bevor Nicole etwas sagen konnte. Er sah nicht glücklich darüber aus, aber er trat zurück und hielt die Tür für sie auf. „Kommt alle rein - und setzt euch. Ich muss nur noch fertig aufräumen, bevor wir öffnen."

Die Bar war leer und fast dunkel, abgesehen von ein paar vereinzelten Lampen. Die Tische und die Bar schimmerten feucht unter dem gedämpften Licht, als wären sie vor Kurzem abgewischt worden, und neben der Tür standen ein Wischmopp und ein Eimer. Mehrere große, schwarze Müllsäcke stapelten sich vor einer Tür hinter der Bar, an der ein Schild mit der Aufschrift NUR FÜR PERSONAL angebracht war.

Zak fuhr sich mit einer Hand durch sein kunstvoll zerzaustes Haar. „Möchten die Damen etwas trinken?"

Die jungen Frauen tauschten einen kurzen Blick miteinander aus, einschließlich einiger stark übertriebener Augenrollen. Holly zeigte auf ihren Bauch. „Schwanger."

„Das weiß ich. Ich meinte, etwas wie eine Limo oder so etwas. Darfst du Limo trinken?", fragte er Holly mit einem leicht besorgten Gesichtsausdruck.

Die Anspannung in Hollys Gesicht ließ für einen Moment nach. „Limo ist in Ordnung. Vielleicht ein Ginger Ale?"

„Kommt sofort." Zak schenkte Holly ein, dann warf er Charlotte einen dankbaren Blick zu, als sie ihn sanft um ein Mineralwasser bat. Nicole starrte ihn einfach nur an. Zak bewegte sich unbeholfen und ging dann zur Hintertür. Die rostigen Scharniere quietschten, als er sie aufschob, und mit seiner Hüfte offenhielt, während er nach den Müllsäcken griff. „Ich bin gleich wieder da. Ich muss nur noch den Müll rausbringen. Hey, äh, Nicole? Könntest du mir mal helfen?"

Nicole blinzelte überrascht. „Ich?"

Während Zak und Holly zusammen gewesen waren, hatte Zak es vermieden, sich ihr auf mehr als drei Meter zu nähern, als hätte er erwartet, dass sie jeden Moment ausflippen und ihm an die Gurgel gehen würde. Es war eigentlich ziemlich lustig gewesen, dass er so schreckliche Angst vor ihr zu haben schien. Sie dachte, dass viel davon der ‚Mutter-Blick' war, den sie perfektioniert hatte - wie ihr zehnjähriger Sohn bezeugen konnte. Der ‚Mutter-Blick' war eine *großartige* Waffe gegen jeden mit einem schlechten Gewissen.

Und wenn etwas davon auf den Schlagring zurückzuführen war, den sie Zak ‚aus Versehen' gezeigt hatte, indem sie erwähnte, dass sie ihn immer in ihrer Handtasche aufbewahrte, nun ... das war ihr kleines Geheimnis. Nicole stammte aus New Jersey. Sie wusste, wie sie sich selbst und alle, die sie unter ihren Fittichen genommen hatte, beschützen konnte. Und obwohl Holly selbst stark und zäh und grimmig war, hatte sie auch ein großes Herz, was sie anfällig für Verletzungen machte. Doch das würde Nicole nicht zulassen, nicht wenn sie dabei war.

„Ja." Er nickte in Richtung der Müllsäcke. „Macht es dir etwas aus?"

Sie blickte zu ihren Freundinnen hinüber. Holly gab ihr ein übertriebenes Achselzucken, aber es war Charlottes sanftes Nicken, das sie überzeugte. Sie war neugierig - und die Mutter in ihr konnte es nicht ertragen, dass Müllsäcke einfach so herumstanden. Sie ging hinüber und balancierte etwas unsicher auf ihren hohen, dünnen Absätzen, als sie einen der vollen, schweren Müllsäcke in die Gasse hinausschleppte. Als Mutter und Geschäftsinhaberin kleidete sich Nicole im praktisch-professionellen Stil, aber ihre einzige Schwäche war ihre Schuhsammlung. Die knallroten Absatzschuhe, die sie heute trug, waren eines ihrer Lieblingspaare, ein Geschenk an sich selbst, nachdem der Salon im vergangenen Jahr seine Umsatzziele übertroffen hatte. In Anbetracht des Wetters - oder der Tatsache, dass sie jetzt Müllsäcke schleppte - waren sie wahrscheinlich nicht die beste Wahl an Schuhen gewesen, aber sie gaben ihr immer das Gefühl, eine *Wonder Woman* zu sein. Und außerdem hatte sie, falls sie Zak ein paar kräftige Tritte verpassen musste, etwas tragen wollen, das Spuren hinterließ.

Zak folgte ihr, die Hintertür fiel quietschend hinter ihm zu. „Hör zu, ich verstehe es, okay?"

Nicole wischte sich ihre Hände ab. „Was verstehst du?"

„Warum du nicht willst, dass Holly und ich wieder zusammenkommen. Ich verstehe es. Ich bin ein Versager. Aber ich kann es besser machen." Zak kam zu ihr herüber. „Es ist mir ernst, Nicole. Ich werde meinen Scheiß auf die Reihe kriegen, ein guter Vater sein und ein guter Mann für Holly. Aber sie liebt dich und sie vertraut dir und Charlotte mehr als allen anderen. Ich komme nicht weiter, wenn du dir jetzt schon eine Meinung über mich gebildet hast." Zak traf ihren Blick, das Lächeln war verschwunden. „Alles, worum ich dich bitte, ist eine zweite Chance."

Nicole schluckte den bitteren Geschmack im Mund hinunter. Sie kannte jemanden, der nicht daran glaubte, dass es etwas bringt, Menschen eine zweite Chance zu geben. Nicht, dass sie jemals versucht hätte, eine zu bekommen, aber dennoch. *Ich hätte nie gedacht, dass ich so enden würde wie er.* „Okay. Es liegt an ihr", sagte Nicole schnell, als sich sein

Gesichtsausdruck aufhellte. „Ihr beide müsst das gemeinsam ausdiskutieren. Und du musst noch *einiges* beweisen, bevor ich glaube, dass du auch nur annähernd bereit dazu bist, Vater zu werden. Aber ich werde dir nicht im Weg stehen.”

Zak zeigte ihr wieder dieses verspielte Grinsen, etwas Erleichtertes und Aufgeregtes lag in seinem Ausdruck. „Danke, Nic.”

Sie zwang sich, nicht zurück zu lächeln, und stieß ihm einen Finger in die Brust. „Nenn mich nicht so. Ich hasse diesen Spitznamen.”

Zak lachte. „Ich weiß. Holly hat es mir gesagt.”

Nicole schüttelte den Kopf und drückte energisch gegen die rostige, quietschende Hintertür, als sie wieder in die Bar zurückging. Holly und Charlotte warteten drinnen und Holly griff nach der Tür, um sie aufzuhalten, als Nicole eintrat. Holly fragte: „Ist alles in Ordnung?”

Das Geräusch einer sich schließenden Autotür ertönte und Nicole konnte hören, wie Zak rief: „Hey, Mann. Das ist ja eine Überraschung. Was machst du denn hier?” Etwas in seiner Stimme ließ Alarmglocken in ihrem Hinterkopf aufläuten. Sie hörte Angst in seinem Tonfall.

Das ohrenbetäubende Geräusch des Schusses war scharf und heftig und unverkennbar. Nicole wirbelte herum, das Herz hämmerte in ihrer Brust. Sie sah die Gasse, grau und schimmernd im Regen. Der Müllcontainer mit geöffnetem Deckel und den davor auf dem Boden verstreuten Müllsäcken. Und Zak, auf einem der Säcke liegend - Blut rann aus seiner Brust und verwandelte sein verblasstes graues T-Shirt in ein dunkles, hässliches Karminrot. Sie sah den Mann, der über ihm stand und eine Waffe hielt.

Eine Sekunde lang dachte sie, Zak könnte noch am Leben sein, aber der Mann mit der Waffe schoss erneut, zweimal, und Zaks Kopf sackte zurück. Etwas in seinem Körper schien zu erschlaffen. Nicole hatte noch nie zuvor jemanden sterben sehen - aber sie wusste einfach, dass er tot war.

Hinter ihr schrie Holly wortlos und entsetzt auf, als Nicole zurück-wankte. Sie lehnte sich zu heftig gegen die Tür, und sie knarrte auf und die Scharniere quietschten. Der Mann mit der Pistole drehte sich stür-misch um. Er war dünn, drahtig, klein. Dunkle Augen steckten tief in einem rattenhaften Gesicht, das zur Hälfte hinter strähnigem, dunklem Haar verborgen war. Er sah aus wie jemand, an dem man auf der Straße einfach so vorbeiging - unscheinbar und normal, in Jeans und einer abgewetzten Lederjacke. Sie hätte nicht geahnt, dass sie vor ihm Angst hätte haben sollen. Sie hätte nicht vermutet, dass er ein Mörder war. Einen Moment lang sah er schockiert aus. Sie dachte, sie hätte ihn ‚Scheiße' murmeln hören. Und dann zielte er.

Eine Sekunde lang konnte sie nur die Pistole sehen, den dunklen Lauf, der auf sie gerichtet war. Ihr Herz klopfte in ihrer Brust, viel zu laut.

Michael. Es war unmittelbar und instinktiv, dieses Bedürfnis nach ihm. Er würde sie beschützen, würde sie in Sicherheit bringen. All die Jahre und in dem Moment, in dem eine Waffe auf sie gerichtet war, war ihr Ex-Freund der Einzige, an den sie dachte, wenn sie jemanden brauchte, der sie beschützte.

Dann warf Nicole sich zurück, als ein weiterer hallender Schuss fiel, der scharfe Aufschlag einer Kugel, die genau dort im Türrahmen landete, wo sie gestanden hatte. Sie spürte Holly und Charlotte direkt neben sich, als die drei mit aller Kraft die Tür zuschoben.

Holly atmete schwer, sie war kurz davor, zu hyperventilieren, ihre Augen waren glasig und weit aufgerissen. Nicole fragte sich, wie viel davon sie überhaupt mitbekam oder ob sie in einen Schockzustand verfallen war. Offensichtlich kam Charlotte zu demselben Schluss: Sie wickelte sich wie eine schützende Decke um Holly, umarmte sie fest und murmelte tröstende Worte in ihr Ohr und drückte Hollys Kopf an ihre Schulter, um sicherzugehen, dass sie nicht wieder aus dem Fenster sah.

Unterdessen wurde Nicole aktiv und sah sich verzweifelt nach etwas um, das sie vor die Tür schieben konnte. Noch ein Schuss und dann noch einer, als das Fenster neben ihr zerbrach.

„Bleib unten!", befahl Nicole Charlotte, die Holly sofort auf den Boden zog. Nicole grub in ihrer Tasche nach ihrem Telefon. Sie musste sich zwingen, den Notruf zu wählen. Nicht Michaels Nummer. „McKinley's Bar", sagte sie, als die Notrufzentrale abnahm. „Washington und West 12th Street. Ein Mann hat gerade jemanden erschossen und er schießt immer noch auf uns."

„Ich verständige die Polizei. Wir haben einen Streifenwagen in der Nähe." Die Stimme der Telefonistin war ruhig und gefasst. „Bitte bleiben Sie in der Leitung."

Nicole nickte und blickte zu ihren Freundinnen. Sie hasste es, Charlotte wegzuziehen, weil klar war, dass Holly den Trost brauchte - aber ihre Sicherheit musste an erster Stelle stehen. „Hilf mir, Charlotte. Wir müssen diese Tür verbarrikadieren."

„Okay." Charlottes Gesicht war totenblass, ihre Augen riesig hinter der rosa Brille. Aber sie nickte und krabbelte zu einem der schweren Holztische hinüber, ihre Turnschuhe quietschten auf dem feuchten Boden, als sie sich vorwärtsschob. Nicole eilte zu ihr, um sich die Vorderseite des Tisches zu greifen, und gemeinsam gelang es ihnen, ihn vor die Tür zu ziehen.

Eine weitere Salve von Schüssen zerbrach den Spiegel über der Bar und zertrümmerte eines der vorderen Fenster. Holly lag zusammengerollt und schluchzend auf dem Boden. Charlotte kniete sich neben ihr hin und schlang ihre Arme um ihre Freundin. Nicole setzte sich zu ihnen und legte ihre Arme um beide, als könne sie sie vor Schaden bewahren. Während die Sekunden wie Stunden vergingen, hielt sie sie fest und betete schweigend, dass bald Hilfe kommen würde.

Dann hörten sie zum Glück das Heulen der Sirenen. Nicole hätte schwören können, dass sie schnelle Schritte hörte, die sich entfernten, und dann das Geräusch eines wegfahrenden Autos. Sie erlaubte sich, die Augen zu schließen und endlich wieder zu atmen, als die Polizeiautos vor der Bar zum Stehen kamen.

Holen Sie sich Ihre Ausgabe von *Beschützer der alleinstehenden Mutter* am Juni 22nd 2021
www.LeslieNorthBooks.com

KLAPPENTEXT

Leila Ortiz schwebt in furchtbarer Gefahr. Ihr Ex, ein Gangmitglied, ist aus dem Gefängnis entlassen worden und will sich an ihr rächen, weil sie die Scheidung eingereicht hat. Ganz allein mit einem Kleinkind, ist Leila verängstigt und verzweifelt. Sie braucht eine Waffe – und zwar schnell. Was sie *nicht* braucht, ist das Interesse von Clint Blackwater, einem sexy ehemaligen Navy SEAL, der den örtlichen Waffenladen und Schießstand betreibt. Andererseits scheint er nett zu sein, ist verdammt attraktiv und kommt gut mit Kindern zurecht. Als die Gefahr für sie eskaliert, stimmt Leila nervös zu, mit Clint zusammenzuziehen, damit er sie beschützen kann. Aber kann sie ihm wirklich vertrauen? Oder ist sie dumm genug, sich in einen weiteren Bad Boy zu verlieben, der ihr am Ende nur wehtun wird?

Clint Blackwater ist ein Einzelgänger. Das war er immer und das wird er immer sein. Als Leila und ihr kleiner Sohn in sein Leben treten, trifft ihn mit aller Wucht die Erkenntnis, dass Alleinsein vielleicht doch nicht das ist, was er braucht. Dennoch ist die Unterbrechung seines einsamen Lebens, als er die kleine Familie zu sich nach Hause einlädt, schwieriger zu verkraften als gedacht. Aber da Leila und ihr Sohn in Gefahr sind, wird er alles tun, um sie in Sicherheit zu bringen, und sich dabei sogar mit dem Spielzeug und dem Lärm arrangieren. Aber die größte Gefahr könnte seinem Herzen drohen, als es so aussieht, als wäre es das Sicherste für Leila und ihr Baby, ihre Probleme – und ihre aufkeimende Beziehung zu Clint – einfach hinter sich zu lassen.

Hier geht es zum
Schutz für die alleinerziehende Mutter.

EXKLUSIVE AUSZUG

Kapitel Eins

Ein ruhiger Tag am Schießstand war ein guter Tag am Schießstand.

Das war zumindest normalerweise Clint Blackwaters Philosophie. Als er jedoch heute durch den kleinen Ausstellungsraum seines Unternehmens *Ask Questions Later Waffen und Training* ging, schien er die Unruhe in sich nicht abschütteln zu können.

Wenn er ehrlich zu sich selbst gewesen wäre, hätte er zugeben müssen, dass seine Nervosität nicht damit zu tun hatte, dass heute am Schießstand nicht viel los war, sondern mit dem Herannahen des einjährigen Jubiläums seines Ausscheidens aus dem Militär. Seit er direkt nach der High-School zur Navy gegangen war und eine Ausbildung zum SEAL absolviert hatte, war er immer ein viel beschäftigter Mann gewesen. Beschäftigt, aber einsam. Beziehungen waren nicht wirklich sein Ding, weder platonisch noch anderer Art. Geliebte Menschen hatten nach Clints Erfahrung eine Tendenz, zu verschwinden. Als er beim Militär täglich mit einem Minimum an Privatsphäre von seinem Team und anderen Kameraden umgeben gewesen war, hatte er gedacht, er würde die Ruhe und den Frieden des Alleinseins zu schätzen wissen.

Jetzt hatte er Glück, wenn er am Tag mit sechs Leuten sprach, und manchmal war alles ein bisschen zu … still. Nicht, dass er ein Einsiedler oder so etwas war. Allein in der Wüste von Nevada zu leben bedeutete einfach, dass sein Hang zur Selbstgenügsamkeit sehr nützlich war, auch wenn er sich manchmal einsam fühlte.

Heute war sein Kumpel Devin da, um sich mit ihm zu unterhalten, während er zum x-ten Mal das Inventar an Munition, Schusswaffen und Zubehör überprüfte. *Ask Questions Later* verschaffte ihm ein vernünftiges Einkommen durch den Verkauf von Waren und die Gebühren, die er Einheimischen für die Nutzung des Schießstands und Training an der Waffe berechnete, aber er würde wohl nicht allzu bald in der *Forbes-500-Liste* der Superreichen auftauchen. Das war in Ordnung. Nachdem er während seiner Zeit bei den SEALs das Schlimmste gesehen hatte, wozu die Menschheit fähig war, und er davor als Kind in Pflegefamilien aufgewachsen war, gab sich Clint damit zufrieden, genug zu verdienen, um durchzukommen. Er musste nicht reich sein. Er brauchte nicht viel – und er mochte es so.

Clint bewegte sich von Vitrine zu Vitrine und notierte die enthaltenen Waren, während er sein Bestes tat, Devin zu ignorieren, der laut mit seinem Handy telefonierte. Den anderen Mann als ‚Kumpel‘ zu bezeichnen war wahrscheinlich großzügig. Devin war einfach ein Typ, mit dem Clint sprach, wenn er zum Schießen vorbeikam. Manchmal aßen sie gemeinsam im *Ritzi's Diner* in der Stadt. Das war alles. Trotzdem war es mehr, als Clint dieser Tage mit den meisten Leuten tat.

Er vermerkte die sechzehn Schachteln mit Kaliber .45 Munition und ging dann zum nächsten Glaskasten, während er Devin einen finsteren Seitenblick zuwarf.

„Was meinst du damit, dass sie nicht mit mir ausgehen wird?", jammerte Devin in sein Handy. Der Kerl war ziemlich typisch für die Sorte Kunde, die zum Schießstand kam. Ein Möchtegern-Cowboy mit einem Stetson auf dem Kopf und einem Holster um die Taille. Nevada war schon lange ein Zufluchtsort für Mavericks und Outlaws aufgrund der weiten Flächen und der lokalen Strafverfolgungsbehörden und Einwohner, die die Einstellung vertraten, es sei besser, sich nicht in fremde Angelegenheiten einzumischen. Das alles führte zu Dingen wie Las Vegas und der Mustang Ranch und Typen wie Devin, die sich einbildeten, die Wiedergeburt von Billy the Kid zu sein. „Ich bin alles, was sie laut ihrem Online-Dating-Profil will."

Clint schnaubte und schüttelte den Kopf. Devin war harmlos. Clint hatte im Militär viele Männer wie ihn getroffen. Wild entschlossen, Leben, Freiheit und den amerikanischen Lebensstil zu verteidigen – solange es sie nicht zu weit aus ihrer Komfortzone drängte. Aber jeder hatte seine eigene Komfortzone, vermutete Clint. Als SEAL war er es gewohnt, sich Gefahren zu stellen, die sich die meisten Menschen nicht einmal ausmalen konnten. Aber Internet-Dating wie Devin? Keine Chance.

Er erschauderte bei dem Gedanken, sich auf einen völlig fremden Menschen einzulassen und zu versuchen, Small Talk zu machen.

Das Geräusch einer zugeschlagenen Autotür hallte durch den ruhigen Laden und Clint spähte in das Sonnenlicht, das durch die Glastür strömte. Draußen hatte ein staubbedeckter schwarzer SUV geparkt.

Rückwärts, um genau zu sein. Durch das staubige Glas sah er im Heckfenster einen Aufkleber mit den Worten *Baby an Bord.*

Wahrscheinlich nur wieder ein einheimischer Vater, der etwas Zeit ohne seine Frau und seine Kinder verbringen wollte.

Clint drehte sich um und ging hinter den Tresen zurück. Er war gerade dort angekommen, als er Devin hinter sich sagen hörte: „Äh, ich glaube, das Mädchen meiner Träume ist gerade in mein Leben getreten."

Clint krümmte sich, warf seinem Kumpel bei dem kitschigen Spruch einen angewiderten Blick zu und wollte ihn gerade damit aufziehen, als die Glocken über der Tür klingelten und das besagte Mädchen hereinkam.

Oder, besser gesagt, die Frau. Eine Frau mit einem Baby.

Hm. Okay. Clint verengte seinen Blick ein wenig und konzentrierte sich auf sie, als sie näherkam und aus dem Lichtstrahl trat, der von hinten ihre Silhouette umhüllte. Fünfundzwanzig, vermutete er, also etwa zehn Jahre jünger als er. Gewelltes dunkles Haar, goldbraune Haut. Große, dunkle Augen, die den Laden nervös absuchten.

Sie hat Angst.

Der Gedanke traf Clint aus dem Nichts, wenn man bedachte, dass er sie noch nie zuvor in seinem Leben gesehen hatte, aber er würde sein Geschäft und alles, was er besaß, darauf verwetten, dass er recht hatte. Seine Instinkte waren auf dem Schlachtfeld geschärft worden und der Ruhestand hatte sie nicht getrübt. Schließlich konnte man es sich nicht leisten, unvorsichtig zu werden, wenn man einen Waffenladen führte.

Seine Schlussfolgerungen wurden nur bestätigt, als sie sich näher an die vordere Theke bewegte und seinen Blick traf. In ihren hübschen braunen Augen waren Schatten, tief und dunkel und gefährlich. Dann war da noch die Tatsache, dass ihre Nägel abgekaut aussahen und ihre

Hände leicht zitterten, als sie ihr süßes Baby, das sie in einem Arm trug, wiegte. Ein Junge, wenn er die Bluejeans und die Baseballmütze auf dem Kopf des Kindes richtig deutete. Vielleicht ein oder eineinhalb Jahre alt, schätzte Clint.

„Willkommen bei *Ask Questions Later Waffen und Training*", sagte er. Seine Worte klangen aufgrund der merkwürdigen Verengung in seinem Hals etwas rauer als gewöhnlich. Keine Nervosität. Kein Adrenalin. Anziehung. Clint schluckte schwer und verschränkte die Arme. „Was kann ich für Sie tun?"

Die Frau holte tief Luft und sah noch einmal hinter sich, bevor sie leise sagte: „Ich brauche eine Waffe."

～

Oh Gott.

Der letzte Ort, an dem sich Leila Ortiz jemals wiederzufinden geglaubt hatte, war ein Waffenladen. Sie war von Natur aus keine aggressive oder konfrontative Person. Im Gegenteil. Aber die Umstände – und die Tatsache, dass die Strafvollzugsbehörde ihre Kontaktdaten versehentlich herausgegeben hatte – bedeuteten, dass sie und ihr Sohn dringend Schutz brauchten und zwar so schnell wie möglich.

Sie betrachtete den Mann hinter der Theke und bemühte sich, so selbstsicher wie möglich auszusehen. Sie konnte seine Abwehrhaltung nicht spiegeln, während sie Thomas im Arm hielt, aber sie konnte den leeren, verschlossenen Blick nachahmen, den er ihr zuwarf. „Ich habe gehört, dass Glocks gut für Frauen geeignet sind. Ich würde mir gern eine davon ansehen."

„Eine Glock, hm?" Der Typ verengte seinen Blick und trat dann vor. Leila trat automatisch zurück, bevor sie sich stoppte. Jahrelange Misshandlungen hatten sie gelehrt, dass es leichter war, sich zurückzuziehen, als sich zu behaupten, aber das alles hatte sich an dem Tag, als

Thomas geboren wurde, geändert. Jetzt konnte sie nicht länger nur an sich denken. Jetzt hatte sie ihren Sohn zu schützen. Der Mann musterte sie von oben bis unten. Nicht auf eine sexuelle Weise, sondern eher, als würde er denken: *Was zum Teufel machst du hier?* Sie betrachtete ihn ebenfalls genau, wieder aus Gewohnheit. Wenn man angegriffen wurde, war es am besten, eine gute Täterbeschreibung für die Cops zu haben. Kurze hellbraune Haare. Blaue Augen. Etwa 1,78 oder 1,80 Meter groß, muskulös gebaut. Eine Tätowierung auf seinem linken Bizeps ragte unter dem Ärmel seines dunkelblauen T-Shirts hervor – vielleicht eine Schlange, die um ein Messer gewickelt war? Seltsam.

Leila schüttelte ihre irritierenden Gedanken über den Mann ab. Es war ihr egal, ob dieser Kerl am ganzen Körper mit Daffy Duck und Wily Coyote tätowiert war. Sie brauchte eine Waffe und zwar schnell. Ihr Ex kehrte in die Stadt zurück und auf keinen Fall würde sie ihm erlauben, in die Nähe ihres Sohnes zu kommen. Er hatte seine elterlichen Privilegien an dem Tag verloren, als er sie so brutal zusammengeschlagen hatte, dass sie mit zwei gebrochenen Rippen und einem gebrochenen Schlüsselbein in der Notaufnahme gelandet war. Es war in dieser Nacht gewesen, dass sie entdeckt hatte, dass sie mit Thomas schwanger war. Ihr Kind war das einzig Gute in all dem Schlechten gewesen. Sie trat näher an die Theke heran und setzte Thomas darauf. Er war jetzt achtzehn Monate alt und wog fast fünfundzwanzig Pfund. Gut für Thomas, nicht so gut für sie, wenn sie ihn längere Zeit tragen musste. Leila war stark, aber ihr übliches Training hatte sie nicht darauf vorbereitet, stundenlang ein sich windendes Kind in den Armen zu halten.

„Falls Sie nicht denken, dass es eine andere Waffe gibt, die besser für mich geeignet wäre", sagte sie und tat ihr Bestes, um sich auf das wichtige Gespräch zu konzentrieren und nicht auf die Tatsache, dass ihr Baby den Mann hinter der Theke anlächelte. „Es ist mir egal, solange sie funktioniert."

Der Kerl stemmte seine Handballen auf die Glasabdeckung und stützte sein Gewicht darauf. Bei seiner Bewegung spannten sich die Muskeln unter seinem T-Shirt an. Nicht, dass sie es bemerkt hätte. Nein. Nach einem Leben voller schlechter Erfahrungen mit Männern war Leila fertig mit ihnen. Nun, bis auf Thomas. Aber sie würde ihn richtig erziehen. Dazu, Frauen zu respektieren und sie nicht anzuschreien oder zu schlagen. Sie hatte schon genug davon erlebt, erst durch ihren Vater und später durch ihren Ex. Wenn sie nur gewusst hätte, dass er in einer Gang war – dass er mit Drogen handelte und noch Schlimmeres tat –, hätte sie ihn nie geheiratet. Aber sie war jung und dumm gewesen und hatte ihm mit zweiundzwanzig ihr Herz und ihre Jungfräulichkeit geschenkt, weil sie dachte, er würde sie in ein besseres Leben führen. Er hatte sie tatsächlich weggeführt. Direkt in die Hölle. Jetzt, drei Jahre später, war sie allein und erzog ihren Sohn so gut sie konnte.

Auf keinen Fall würde Mike jemals wieder in ihre Nähe kommen. Das würde sie nicht zulassen.

„Haben Sie schon einmal eine Waffe benutzt?", fragte der Mann und seine Stimme triefte vor Misstrauen.

„Nein." Leila reckte das Kinn. „Aber es kann nicht so schwer sein, richtig? Zielen und schießen."

„Nicht wirklich." Der Kerl warf einen Blick über ihre Schulter und die Härchen an ihrem Nacken prickelten. Scheiße. Es war noch jemand im Laden. Sie hatte vage eine andere Person wahrgenommen, als sie hereinkam, war aber so sehr darauf konzentriert gewesen, eine Waffe zu bekommen, dass sie nicht besonders darauf geachtet hatte. *Dumm, Leila. So dumm.* Das Erste, was man ihr in den Selbstverteidigungskursen, die sie letztes Jahr besucht hatte, beibrachte, war, sich stets ihrer Umgebung bewusst zu sein.

Sie drehte sich schnell um. Eine Hand hielt Thomas auf der Theke fest, die andere hielt ihre Schlüssel zwischen den Fingern und war bereit, jeden, der versuchte, sie zu verletzen, anzugreifen.

„Ganz ruhig, kleine Lady", sagte ein dünner Kerl mit einem Cowboyhut und hielt die Hände hoch, als wollte er sich ergeben. „Ich wollte Sie nicht erschrecken. Ich wollte Sie nur fragen, ob Sie eine Tasse Kaffee möchten."

„Sie will keinen Kaffee, Dev", antwortete der Typ hinter der Theke für sie.

„Woher wissen Sie, was ich will?" Leila sah ihn stirnrunzelnd an und warf einen Blick auf den Namen, der auf das T-Shirt des Mannes gestickt war. „Clint."

„Wollen Sie etwa einen Kaffee?" Er hob eine Augenbraue.

Nein, das tat sie nicht. Aber das ging ihn nichts an und sie wollte nicht, dass er für sie sprach und ihre Fragen beantwortete. „Was ich will, ist eine Waffe. Verkaufen Sie mir eine oder nicht?"

„Nicht ohne einen Hintergrund-Check und den Nachweis, dass Sie das erforderliche Training absolviert haben."

Verdammt. Es war nicht so, dass sie den Check nicht bestehen konnte, aber sie hatte kein Training gehabt. Sie hatte auch keine Lizenz für eine Waffe. Leila schüttelte den Kopf. Sie hatte die Dinge nicht wirklich durchdacht, bevor sie hierher gerast war. Sie war schon immer ein bisschen impulsiv gewesen, wie ihre Mutter bestätigen würde. Das hatte sie in ihrer Kindheit in Schwierigkeiten mit ihrem Vater gebracht, weil sie ständig Dinge tat, ohne die Konsequenzen zu berücksichtigen. So war sie auch in der Ehe mit ihrem Ex, einem gewalttätigen Arschloch, gelandet. Was sie nun nachts vor allem wachhielt, war die Frage, wie in aller Welt sie für den armen Thomas jemals eine gute Mutter sein sollte. Wenn sie schon keine guten Entscheidungen für sich selbst treffen konnte, wie könnte sie das je für ihr Kind tun?

„Dev, verschwinde", sagte der Mann hinter der Theke mit autoritärer Stimme. „Suche dir eine andere Online-Freundin und lass diese Lady in Ruhe." Überraschenderweise tat der andere Mann, was ihm gesagt wurde. Die Glocken über der Tür klapperten fröhlich bei seinem Rückzug. Das ließ sie mit dem intensiven, attraktiven, finster dreinschauenden Ladenbesitzer allein. Er richtete seine hellblauen Augen wieder auf sie und blinzelte. „Wenn Sie mir sagen, wozu Sie die Waffe benötigen, kann ich herausfinden, was für Sie am besten funktioniert.“

„Oh.“ Sie steckte sich ihre Haare hinter das Ohr und zog einen ledernen Schlüsselanhänger in einer Auslage aus Thomas‘ Reichweite, bevor er ihn ansabberte. „Nur das Übliche. Man kann heutzutage nicht vorsichtig genug sein.“

„Hören Sie. Ich kann sehen, dass Sie wegen irgendetwas nervös sind. Ich will mich nicht einmischen, aber wenn Sie in irgendeiner Weise in Schwierigkeiten sind, kann ich Ihnen vielleicht helfen. Ich war früher beim Militär und …“

Die Anspannung in Leila explodierte zu einer ausgewachsenen Panik. Je weniger Leute über ihre Vergangenheit und ihren Ex-Mann Bescheid wussten, desto besser. Sie war auf die Empfehlung einer Freundin hierhergekommen und hatte schnellen Service ohne Fragen erwartet. Versprach der Name des Geschäfts nicht genau das? Sie wollte keine Erklärungen abgeben. Es war schlimm genug, dass sie überhaupt hier war und versuchte, eine Waffe zu kaufen. Leilas Blut rauschte in ihrem Kopf und ihr Puls hämmerte in ihren Adern, als sie Thomas hochhob und zum Ausgang eilte. „Ich muss gehen. Es tut mir leid. Ich komme später wieder.“

**Hier geht es zum
Schutz für die alleinerziehende Mutter.**

www.ingramcontent.com/pod-product-compliance
Lightning Source LLC
Chambersburg PA
CBHW051524150726
47997CB00001B/371